COME
VIAGGIARE CON
UN SALMONE

如何
带着三文鱼旅行

翁贝托·埃科

著

陈英

译

上海译文出版社

目录

如何演好印第安人.......1

如何做艺术品目录.......5

如何管理公共图书馆.......15

如何度过有意义的假期.......19

如何补办失窃的驾照.......23

如何阅读产品说明书.......33

如何避免传染病.......37

如何带着三文鱼旅行.......41

如何做财产清单.......45

如何购买飞机上的小玩意儿.......49

如何成为马耳他骑士.......61

如何在飞机上吃东西.......65

如何谈论动物.......69

如何撰写前言.......73

如何主持电视节目......77

如何使用地狱摩卡壶......83

如何使用时间......87

如何坐出租车......91

如何驳斥辟谣声明......95

如何把电报扔到垃圾箱......99

如何开始，如何收尾......103

如何无视时间......107

如何过海关......111

如何摆脱传真机......115

如何面对一张熟悉的面孔......119

如何辨别色情电影......123

如何吃冰激凌......127

如何摆脱"千真万确"......131

如何提防遗孀......133
如何避免谈论足球......137
如何解释私人藏书......141
如何避免使用手机......145
如何在美国坐火车......149
如何选择高收入的工作......153
如何使用省略号......157
如何变得受人欢迎......161
如何从路人甲变成名人......165
如何惩罚散布垃圾邮件的人......169
如何利用网络记忆......173
如何避免落入阴谋......177
如何铭记恋童癖......181
如何好好过日子,躲过狂欢节......185

如何在媒体的纷乱中生存......*189*

如何体面地不断尝试......*193*

如何在家研究哲学......*197*

如何演好印第安人

印第安人前途已定，对于有上进心的印第安年轻人来说，唯一的机会就是在美国西部片里露脸。鉴于这种情况，提供以下重要指南，为的就是让印第安人在演电影时，无论是在战争还是和平时期，都能胜任"西部印第安人"的角色，这也可以缓解印第安人的低就业率问题。

进攻前

一、绝不能马上发起进攻：应该提前几天点燃烽火，等对手远远注意到你，确保他们有时间通知上级，让小堡垒里的卫兵通知"第七轻骑兵团"支援。

二、如果可能的话，要零零散散、几个人一队在周围的小山上晃悠，吸引对手的注意力，尽量在孤零零、光秃秃的山顶设哨。

三、所到之处，一定要留下痕迹：马蹄印、露营后熄灭的篝火，以及部落标识性的护身符和羽毛。

袭击马车

四、袭击马车时，一定要远远从后面跟上来，从侧面靠近，让对手能打到你。

五、要知道，你骑的北美野马比拉车的马快多了，一定要及时拉住缰绳，不要跑到马车前面。

六、要单独行动，单枪匹马拦下马车，要跳到拉车的马上，方便车夫打到你，摔下去被车碾过。

七、永远不能很多人一窝蜂截住马车：这样车夫会很快投降，你们也没戏演了。

袭击落单的农场或车队

八、绝不能在殖民者没有做好准备的情况下趁夜偷袭，要遵守印第安人的规矩：只在白天发动进攻。

九、要一直发出郊狼的叫声，好让对手知道你的位置。

十、假如一个白人发出郊狼的"嗷呜"，你要探出头来，方便被对方打到。

十一、袭击殖民者时，要一个一个地上，不能形成包围圈，好被对方逐个消灭。

十二、袭击车队时，不能所有人一拥而上，要等前面的同伴倒下，后面的人再上。

十三、尽管你们不用马镫，但脚尽量让缰绳缠住，这样被打中之后，可以被马拖行很久。

十四、要从奸商手里买步枪，买你们都不知道怎么用、上膛很费劲的那种。

十五、当对手的援兵赶到，就不要再拦截车队了，你们要坐以待毙，而不是去迎击对手的骑兵团，他们一来，你们就要抱头鼠窜，给对方独个追击提供条件。

十六、至于袭击没有左邻右舍的农场，要派人晚上去打探。侦察员要从亮着灯的窗口往里看，长时间地注视屋里的白人女性，直到她发现有一张印第安人的面孔贴在玻璃上。你要等这个女人尖叫起来，男人们从屋里出来，再开始逃跑。

袭击堡垒

十七、首先，晚上把马放开，让它们四散在草原上，不要骑马。

十八、在战斗中，如果需要往堡垒上爬，务必一个一个往上爬，为了方便对方用步枪瞄准你的脑袋，动作要缓慢。在白人女性向枪手示意之后，你要及时出现在瞄准的范围内，被打中之后，千万不能掉到堡垒里，永远记住要向后倒去，落在外面。

十九、从远处射击时，一定要待在山顶一个比较显眼的地方，中枪之后向前摔下悬崖，在下面的岩石上摔得粉身碎骨。

二十、面对面交火时，一定要等着对方瞄准。

二十一、正面交锋时，永远都不要用手枪，那样可能收场太快，要用白刃。

二十二、如果白人要突围，不要捡战死敌人的兵器，只能捡手表，你要听手表的滴答声，拖延时间，等待下一个敌人赶过来。

二十三、如果捉住了俘虏，不要马上杀死，要把他绑在柱子上或关在帐篷里，等着新月出现的漆黑夜晚，有人来营救他。

二十四、无论如何，你们还是可以杀死敌人的号兵，听到"第七轻骑兵团"过来的声音就可以动手了，因为这时堡垒的号手总会出现在最高的城齿上，吹号响应。

其他情况

二十五、当敌人偷袭印第安人的村落时，要从帐子里跑出来，手忙脚乱地找武器，而武器总是放在很难拿到的地方。

二十六、要品尝小商贩卖的威士忌：硫酸和酒的比例应该是三比一。

二十七、在火车经过时，上面绝对坐着印第安人捕杀者，你要骑马靠近火车，举着步枪向他打招呼。

二十八、从高处跳到一个白人身后时，刀一定要拿好，不能马上伤到人，这样你们就能肉搏，要等着白人转身才动手。

一九七五年

如何做艺术品目录

这篇文章中提出的建议和指南，针对的是给艺术品写说明文字的人（后面统一简称为 PDC①）。但需要注意一点，这些建议不适用于在专业杂志上撰写批评和考据文章的人。因为各种复杂的原因，那些评论性文章通常是给其他艺术评论家读的，文章中谈及的艺术家极少有机会亲自读到文章，因为他们要么没订阅这本杂志，要么两百年前就死了。给一场当代艺术展做的目录，遭遇却截然不同。

如何成为 PDC？说实在的，门槛真的很低。只要你是一个脑力劳动者（核物理学家和生物学家优先），小有名气，名下有一个电话号码即可。所需名气的计算方式如下：名声波及的地域应该大于本次展出涉及的区域（比如说，如果展出地是一座居民不到七万人的城市，你需要省级知名度；在省会城市，你需要国家级知名度；在首都，则需要世界级知名度，但圣马力诺和安道尔除外），同时，PDC 的文化和知识储备，最好比潜在的购买者疏浅（如果展出的是塞冈蒂尼②风格的阿尔卑斯山风景画，不需要《纽约客》的撰稿人来写，让这类人写反倒会坏事，倒不如请当地师范院校的校长来写）。当然了，作为一个 PDC，你要等着展出作品的艺术家主动靠近。不过这不是问题：举办展览的画家人数远远多于潜在的 PDC。基于以上的情况，不管愿不愿意，成为 PDC 是命中注定的。一旦艺术家有需求，PDC 根本无法推托，除非移居海外。事情谈成了，PDC 应该为自己找到一个动机，可能出现的动机如下：

一、贿赂（很少见，因为显而易见，有很多不需要艺术家付出那么高成本的动机）。

二、性贿赂。

三、友谊：有两种可能，一种是真友情，一种是盛情难却。

四、画家会送一幅画给你当礼物（这个目的和后面说的并不太一样，这里的实际情况是：你希望得到一幅画作，并不是出于对画家的欣赏，而是想拿来卖钱）。

五、出于对画家真心的欣赏。

六、渴望把自己的名字和画家的名字放在一起：对于年轻知识分子，这是一本万利的事儿，艺术家会不遗余力地在国内外推广印着你名字的艺术品目录，你的名字也会出现在

---

① 意大利语 presentatore di cataloghi 的首字母缩写。
② Giovanni Segantini（1858—1899），意大利现实主义画家。

之后的目录和作品集上。

七、因为你和画家在思想、审美或商业运作方面志同道合，你们想掀起一种新潮流，或者建一座画廊。建画廊，这是最光明磊落、公正无私的PDC都无法回避的问题。实际上，文学、电影和戏剧评论家赞美或者抨击一部作品，对自己的收入不会带来太大影响。文学批评家对一部小说做出好评，顶多能让小说多卖几百本；影评人无论怎么批判一部色情喜剧片，也无法阻止它票房飙升；戏剧评论家也差不多。但PDC就不一样了，他写出的东西能让艺术家身价倍增，有时候可能让艺术家的作品成十倍地往上涨价。

这种特殊处境也会影响到PDC写评论的态度：文学评论家可能会抨击一个他不认识的作家，文章刊登在某份报纸上，作家也可能不会看到，但艺术家找人写评论，他会亲自审核那些文字。即使他会对PDC说："随便写，尽管提出严厉的批评。"但实际上很难做到。要么你就推辞——我们已经说过了，你推辞不掉的；要么你至少客气点儿，或者可以写得含糊其辞。

PDC要保持自己的尊严，同时还要维护和艺术家的友谊，含糊其辞是写展品目录的核心。

我们假定一种情况，一个叫欧罗修蒂尼的艺术家，三十年来都在赭石色背景上作画，他在画布中间画一个天蓝色的等腰三角形，底边和画布下边平行，然后在天蓝色三角形上画一个不规则的红色三角形，这个透明的红色三角形向右下角倾斜。PDC应该时刻铭记,在不同阶段,从一九五〇年到一九八〇年,画家给这些作品的命名依次是:《组合》《两个和无限》《E＝Mc²》《在那边》《阿连德》《智利不会让步》《父亲的名字》《穿过》和《私人》。对于一个PDC来说,他有多少种可能的阐释?如果他是诗人,那就简单了,可以写一首诗送给欧罗修蒂尼:"像一支利箭(啊!残忍的芝诺),另一支飞镖的冲击,在一个生病、有黑洞的宇宙,划出一道五彩的线!"这个方案无论是对PDC、欧罗修蒂尼,还是画廊老板和顾客都不失为高招。

第二种方案只适合小说家,可以通过自由发挥的形式写一封公开信:"亲爱的欧罗修蒂尼,我看到你的三角形时,我在乌克巴尔,就是博尔赫斯在《小径分岔的花园》里提到的……一位皮埃尔·梅纳尔[①]建议我用另一个时代的方式称呼你——拉曼查的堂·毕达哥拉斯。只剩下一百八十度:我们是否能摆脱必然?这是六月的清晨,在一片阳光照耀的田野:一名游击队员被吊死在电报杆上。年少时,我就怀疑那些定律的本质……"诸如此类。

对于理科出身的PDC,事情要简单些。他可以基于一种观念(这恰恰也是正确的观念)——一幅画也是现实的一部分。因此你可以谈谈现实的深邃奥妙,怎么说都不会错。比如说:"欧罗修蒂尼的三角形是一些曲线,代表具体拓扑

---

① 博尔赫斯作品《〈吉诃德〉的作者皮埃尔·梅纳尔》中的人物。

学的命题函数。或者说节点。如何从一个节点 u 到达另一个节点？众所周知，需要一个评价函数 f。对于任意一个从节点 u 衍生出来的节点 v 来说，$f(u)$ 小于或等于 $f(v)$。一个完美的评价函数需要满足：如果节点 u 到节点 q 在图上的距离小于或等于节点 v 到节点 q 的距离，那么 $f(u)$ 就一定小于或等于 $f(v)$。艺术就是数学。这正是欧罗修蒂尼想要告诉我们的。"

这看起来好像只适用于抽象的画作，而不适用于莫兰迪或古图索风格的画。但事情并非如此，这当然要看我们这位科学人士的本领。大可以潇洒自如地把托姆[①]的突变论通过比喻的方式用在其他地方。比如说，可以指出莫兰迪的静物画代表平衡的极限，如果超越了这个极限，那些瓶子就会倒下、炸开，像水晶被超声波震裂，画家的魔法就是把这种极限状态展示出来。你也可以在"静物"的英文翻译 still life 上做文章，still，还有一会儿，但还能支撑多久？一直到……魔法就在于从"依然如故"到"之后"的转折。

另一种策略适用于一九六八年到一九七二年之间，也就是从政治角度去阐释。要从绘画中看到阶级斗争和商品化的污染。艺术是一种反抗，反对这个商品世界，欧罗修蒂尼的三角形，就好像在有意拒绝交换价值，它向被资本主义剥夺的工人阶级的创造力开放。它试图回到"黄金时代"，提出

---

① René Thom（1923—2002），法国数学家，主要研究代数拓扑和微分拓扑。

一个乌托邦、一个梦想。

我们到目前所说的，都只针对非专业艺术批评家。职业艺术批评家的处境要艰难一些。他们要谈论一个作品，但不能做出任何价值方面的判断。最简单的方式就是指出艺术家符合这个世界的主流观念，就像我们今天所说的，符合那些最具影响力的哲学思想。任何主流哲学思想都可以给存在之物提供依据。一幅画当然属于存在之物，除此之外，无论那幅画多么不堪入目，也能展示存在之物（一幅抽象画也能代表可能存在之物，或者存在于纯粹形式的宇宙中的东西）。假如主流哲学思想认为，存在的一切都是能量的展现，你就说欧罗修蒂尼的画代表了能量。这不是谎言：顶多是说了一句大白话，但这种大白话能拯救一个批评家，也会让欧罗修蒂尼、画廊老板和顾客满意。

问题在于，如何辨别出某个时代最为流行、人人都在谈论的主流哲学思想。当然了，你可以按照爱尔兰哲学家贝克莱说的"存在就是被感知"得出结论：欧罗修蒂尼的作品存在，因为我们可以感知到。但如果你引用的哲学思想不够时髦，欧罗修蒂尼和读者就会感觉解读过于显而易见了。

因此，假如欧罗修蒂尼的三角形要在二十世纪五十年代末展出，可以用到意大利哲学家安东尼奥·班菲和恩佐·帕奇的思想，当中贯穿萨特、梅洛庞蒂的论点（胡塞尔的现象学当然要放在最高处），把眼下的三角形定义为"行为甚至意图本身的体现，可以看成本相区，这些形状是'生活世界'模式纯粹的几何形状"。在那个时代，提到一些心理学词汇用来描述形状也是可行的。比如说，欧罗修蒂尼的三角形包含着"格式塔"，这毋庸置疑，因为每个三角形，假如它名为三角形，都包含着格式塔。到了六十年代，欧罗修蒂尼的三角形可能需要与时俱进，必须从他的三角形中看到一个结构，类似于列维-施特劳斯提出的亲属模式。假如要牵扯到一九六八年的学生运动，还有结构主义，可以说，根据毛泽东的矛盾理论，加上黑格尔的三一式理论，再套用一下阴阳五行，欧罗修蒂尼的两个三角形突出了主要矛盾和次要矛盾之间的关系。不要觉得结构主义理论无法应用到莫兰迪的作品上：深处的瓶子和表面的瓶子是对立的。

七十年代之后，批评家的选择面会广很多。当然了，一个红色三角形下面的蓝色三角形，这呈现了一种渴望追随"他者"的欲望，却永远无法获得认同。欧罗修蒂尼是一个突出差异的画家，是关于身份差异的画家。身份差异即便在一百里拉的钱币正反面上也能看到，但欧罗修蒂尼的三角形呈现了一种爆发的状态，就像波洛克[①]的作品，像往肛门（黑洞）放入栓剂。在欧罗修蒂尼的三角形里，使用价值和交换价值会相互抵消。

这时候，可以引用《蒙娜丽莎的微笑》以更加精妙地解释这种差异，当你从侧面观察她的脸蛋，看起来像一个阴

---

① Paul Jacksou Pollok（1912—1956），美国抽象表现主义绘画大师。

户，而且张得很开。欧罗修蒂尼的三角形，在它们的相互抵消和突变轮换中，可能是要呈现阴茎的内爆，变成有齿的阴道。谬误的阴茎。总之，可以做出这样的总结，PDC的黄金守则是：在描述一个作品时，他的文字不仅适用于其他作品，也适用于描述观看香肠店橱窗时的体验。假如一个PDC写道："在欧罗修蒂尼的作品中，对于形状的感知不仅仅是被动的感官。欧罗修蒂尼告诉我们，任何一种感知都是对作品的阐释。从感觉到感知的过渡是一种活动，一种实践，就是存在于世，就像映射的构建，从物体本身的实质中有意识地切割出来。"读者能看出欧罗修蒂尼的真相，因为这种真相的机制，在肉食店里，让你可以把意大利香肠和俄罗斯沙拉区分开来。

除了一些有效的可操作原则，还有道德标准：要说实话。当然了，说出真相有不同的方式，也要讲究方法。

一九八〇年

附　录

下面的文章是我援引后现代引文主义,给安东尼奥·弗美兹写的一篇作品介绍(参见安东尼奥·弗美兹,《从罗波洛到我》,阿农齐亚塔工作室,米兰,一九八二年)。

为了让读者(关于读者的概念,参见丹尼尔·科斯特,"读者的三种概念以及他们对文学理论的贡献",《文学》第三十四期,一八八〇年)对于安东尼奥·弗美兹的绘画(关于绘画的概念,参见切尼诺·切尼尼的《论绘画》、贝罗里的《艺术家的生活》、瓦萨里的《艺苑名人传》)有一些新认识(参见克罗齐《作为表现科学和一般语言学的美学》,巴里,一九〇二年),我应该做出绝对公正、清晰的判断,但在这个后现代社会里,这简直太难了。因此我打算什么也不写,我保持沉默。对不起,我们下次(参见拉康《文集》,巴黎,一九六六年)再说吧。

如何管理公共图书馆

一、尽可能对图书进行分类，越详细越好：要把图书与期刊仔细分开。先是按照不同的主题区分，然后要把新采购的图书和之前的藏书分开。如果可能的话，新到图书和旧有图书的字母拼法最好有区别，比如说，在最近购买的图书中，修辞学（Retorica）只有一个 t，而旧有的修辞学有两个 t。新书的柴可夫斯基是以 Č 开头的，旧有的则按照法语的拼写方式，以 Tch 开头。

二、图书版权页一般会说明这本书的类别，但图书管理员可以不做参考，图书的类别应该由图书管理员自行决定。

三、图书编码应该尽可能长，很难抄写，让填写借书卡的人永远没有足够的空间填完整，让他认为编码最后一部分不重要，选择不写。这样图书馆的服务人员就可以把表格打回去，让他重新填。

四、从申请借阅到取得图书，拖得越久越好。

五、每次只能借阅一本图书。

六、图书管理员交给借阅者的图书，应该在借阅单上说明，这些书不能带到阅览室。应该把人生分成两个部分，一部分用于阅读，另一部分用于阅览。图书馆必须杜绝一个人同时读好几本书，这样会引起斜视。

七、如果可能的话，绝不在图书馆设置复印机。无论如何，假如有复印机的话，使用也要很耗时，手续要很麻烦，价格要远高于外面的复印店，而且最多能复印两三页内容。

八、图书管理员要把读者视为敌人，潜在的小偷，浪费时间、无所事事的家伙，否则白天他们应该在上班，而不是来图书馆。

九、问询处要设在读者根本找不到的地方。

十、不鼓励读者借书。

十一、馆际借书基本不可能，即便可以借阅，也需要几个月时间。最好不要让读者知道其他图书馆的藏书情况。

十二、基于以上几点，偷书应该很容易。

十三、开放时间必须与上班时间完全重叠，应该事先和工会组织洽谈好：周六、周日、晚上与吃饭时间都闭馆。图书馆最大的敌人是半工半读的学生，最好的朋友是堂·费兰特——那些有自己的图书馆、不需要在公共图书馆里借书的人，他们过世时，会把所有藏书捐赠给公共图书馆。

十四、图书馆不设餐饮处，无论如何，去图书馆外面吃东西要先把所有书归还。因此，读者喝完咖啡之后呢，必须重新借阅他所需的书。

十五、第二天再去图书馆里找前一天看过的书，基本别想找到。

十六、绝无可能查到所缺的书目是谁借走的。

十七、如果可能的话，图书馆里不设厕所。

十八、最理想的状况是，读者不应该进入图书馆，即便他们依据一七八九年的原则赋予他们的权利——但这项原则并没有什么群众基础——小心翼翼、令人不快地闯了进来，除了可以匆匆穿过阅览室，也绝对不能进入神圣的书架之间。

内部说明

所有馆员都应该有某种身体残疾，因为公共机构有义务给残障人士提供工作机会（这项原则正在被考虑应用于消防队）。最理想的图书管理员应该跛脚，他拿过借书单，到地下室找书，再上来，这个过程需要很长时间。那些得登上梯子，到八米高的书架上去拿书的独臂馆员，出于安全的考虑，应该安装带钩子的义肢。至于没有上肢的图书管理员，应该用嘴递交读者借阅的图书，因此最好避免借阅超过八开的图书。

一九八一年

如何度过有意义的假期

暑假快来临时，一些政治和文化周刊总是会列出书单，建议读者读十本有意义的书，好度过一个有意义的假期，真是不错的习惯。但大部分书单都有这样的毛病，就是把读者当成弱智。即使是那些知名作家开出的书单，也通常都是中等文化水平的人在初中时已经读过的书。然而，如果开书单让人去读德文版的《亲和力》、"七星文库"版的普鲁斯特，或者彼得拉克的拉丁文原著，就太曲高和寡了，对读者也是一种羞辱和冒犯。另外，必须考虑到这一点，读者在经过长久以来各种建议的历练之后，要求越来越高。要知道，有些人没法度过奢华的假期，于是他们渴望不用花很多钱就能获得刺激的体验。

对于可能在沙滩上消磨许多时间的人，我推荐德国耶稣会会士阿塔纳斯·珂雪[1]的《光影魔术》。对于处于红外线照射之下、想琢磨光线和镜子魔法的读者来说，这是一本很迷人的书。这本书一六四五年的罗马版还可以在古董书商手上买到，价格绝对低于罗伯托·卡尔维[2]转移到瑞士银行的那笔钱。我不推荐在图书馆借阅这本书，因为只有在极破败的图书馆里才能找到它，而那种地方的管理员通常不是缺少右臂，就是没有左眼，爬上善本书库的梯子，很容易摔下来。而且这本书很大，纸张也十分脆弱，完全不适合在沙滩上阅读，尤其是在风大到能把太阳伞刮走的天气。

对于持通票乘二等座在欧洲旅行的年轻人，火车过道通常挤满了人，不得不把一只手臂放在窗外，建议携带伊诺第出版社六本《赖麦锡[3]游记》中的至少三册，旅行时，手里拿一本，腋下夹一本，大腿之间还可以放一本，在旅途中阅读关于旅行的书，这是激动人心的体验，可以激发你思考。

对于曾经投身政治——如今虽然很幻灭，但仍然关注第三世界的问题——的年轻人，我建议他们读一本伊斯兰哲学杰作。阿德尔菲出版社刚刚出版了伊斯坎德尔的《劝诫书》，可惜不是伊朗文原文对照版，感觉没有太多韵味。我更加推崇阿布-哈桑·阿米里的《真理之书、真理之诗》，在德黑兰可以买到一九五七年的评注本。

当然，并不是每个人都通晓中东语言，自驾出行、行李不受限制的人，可以带上整套米涅的《教会圣师著作全集》。

---

[1] Athanasius Kircher（1602—1680），一译基歇尔，十七世纪欧洲著名学者、耶稣会会士。
[2] Roberto Calvi（1920—1982），意大利银行家，曾因非法转移资金至国外被定罪。
[3] Giambattista Ramusio（1485—1557），意大利地理学者，著有《航海记集成》。

我不建议携带一四四〇年佛罗伦萨大公会议以前希腊教父的论述，否则就得带一百六十册希腊拉丁文对照版和八十一册拉丁文版；要知道一二一六年之前，所有拉丁教父的著作加起来，也就二百一十八册吧。我当然清楚，这些书在市面上不可能都买得到，但影印本还是能找到的。对于那些非专业读者，我推荐犹太教卡巴拉①传统方面的几本原文精选，对于解读现代诗歌非常重要。不用看很多：首先是《创世书》《光明篇》，当然还有摩西·科尔多瓦和伊萨克·鲁里亚的著作。卡巴拉著作特别适合度假，因为最古老的版本是保存完好的卷轴本，卷起来很方便塞到背包里，特别适合搭顺风车的旅人。这些卷轴本也很适合地中海俱乐部（ClubMed），活动主持人可以搞一场竞赛，看谁能做出最可爱的"泥人"②。最后，不怎么懂希伯来文的人，可以读一下《炼金术大全》，以及诺斯替教派的哲学作品（最好选瓦伦提努，巴西里德的福音啰里啰唆、让人讨厌）。

想度过一个有意义的假期，读读上面提到的那些书就够了。否则就当我没说，你们尽可以带上《政治经济学批判》、伪圣经福音书和皮尔士未出版著作的微缩胶片。总之，我想说的是：文化周刊并不是学校作业。

一九八一年

---

① Kabbalah，又称希伯来神秘哲学。
② Golem，犹太民间传说中被赋予生命的假人。

如何补办失窃的驾照

一九八一年五月,我在阿姆斯特丹丢了一个钱包,里面没有多少钱,但有些证件和卡片。钱包可能是在我坐车时被偷的,像荷兰这样的国家也难免有偷盗现象。我在要离开阿姆斯特丹时才发现钱包丢了,那时候我已经到了机场,发现信用卡不见了。距离出发还有半个小时,我焦急万分,想找一个可以挂失的地方。五分钟之后,机场的一位警官接待了我,他用流利的英语告诉我,我的钱包是在市区丢的,不属于他们的管辖范围,但他可以帮我开一张证明。他向我保证,在早上九点办公室开门时,他会亲自给"美国运通"打电话。十分钟之后,荷兰警方解决了信用卡的问题。回到米兰,我拨打了"美国运通"信用卡服务热线,我的信用卡已经在全球范围内挂失,第二天会寄出新卡。我心想,生活在文明社会真好呀!

接下来需要处理其他证件的问题,我向警察局挂失身份证，十分钟搞定。意大利警察局和荷兰警察局一样有效率，我想真不赖。在我丢失的证件之中，还有一张记者证。我在三天之内也拿到了新证，简直太高效了。

糟糕的是，我还遗失了驾照，不过我觉得不是什么严重的问题。这是汽车工业带来的新玩意儿，我们生活在一个高速公路的国家，未来的福特之国。我打电话给意大利机动车辆管理局，对方说，只要告诉他们遗失的驾照号码就行。这时我才发现，自己从来没有记过驾照号码，那串号码只有在驾照上才能看到。我问他们，是否能根据姓名在档案里查到我的号码，但显然不可能。

我出门要开车，离了汽车根本没法生活，驾照问题变得事关重大。我决定做一件向来不屑做的事情：托关系走后门。通常我不会这样做，因为我不喜欢打扰朋友或熟人，也特别痛恨别人找我帮忙。再加上我生活在米兰，这里办事效率很高，如果你需要一个市政府颁发的证件，比起打电话给市长，到窗口排队会更快。但是呢，汽车让所有人都有点焦虑，我给罗马机动车辆管理局的高层打了一个电话，他让我联系米兰机动车辆管理局的一个高层，这个高层让他的秘书尽可能帮助我。尽管秘书非常客气，但无济于事。

他教给我一些办法，让我去寻找在安飞士公司租车时的旧收据，通常上面会显示驾照号码。他把开始的手续简化到一天，告诉我下一步去哪里办理。我来到了地方政府的驾照管理所。那是一个宽敞的大厅，里面充斥着形形色色、满身臭汗的人，大家看起来都很绝望，让人想到反映印度雇佣兵叛乱的电影中的新德里车站。这些申请人的经历真是吓死人："在利比亚战争时期，我已经开始来这里办手续了。"他们都拿着热水瓶和三明治在排队，但没用，轮到你时窗口已经关了。

无论如何，我不得不说，不过是排上几天的队。在那几天里，每次我来到窗口，都会发现需要填一个新表格，需要买另一种印花税，又得重新去排队。但众所周知，事情就是这样办的，终于，他们通知我，万事俱备，半个月后再来。这期间我只好坐出租车。

十五天之后，我又回到那个窗口，我绕过几个坚持不住、已经陷入昏迷的申请人，却发现从租车公司得到的驾照号码不对。也许是因为一开始就抄错了，也许是因为复写纸不清楚，也许是因为单据太过陈旧，总之就是错了。没有正确的驾照号码，事情无法进展下去。我说："好吧，你们当然无法找到一个我也说不出来的号码，但你们总可以在埃科名下找到那个号码。"这行不通，可能是他们故意刁难，也可能是因为工作太繁忙，还有可能这些驾照只登记了号码，没有登记名字，总之就是不可能。他们对我说："碰碰运气吧，去办驾照的地方试一试。"我是很多年前在亚历山德里亚办的驾照，在那儿或许能查到我的驾照号码。

我没时间去亚历山德里亚，尤其是我不能开车，于是我找了第二个后门。我给我的一个老同学打了电话，他现在是地方财政部门的官员，我拜托他给市机动车辆管理局打电话。他二话没说就帮了我这个忙，给机动车辆管理局的局长打了电话，那位高官说，此类信息只能透露给警察。我相信读者一定能够意识到这种操作的风险，假如我的驾照号码可以告诉给任何阿猫阿狗，那肯定危险至极，卡扎菲和克格勃都迫不及待地想知道这些信息呢，这可是国家机密。

我努力回忆自己还认识什么人，这次我想到了另一个同学，他现在是政府高官。我建议他不要找机动车辆管理局的人，因为这个举动很危险，可能会被检举，在议会被弹劾。最好去找一个小人物，可能是晚上的值班人员，贿赂他一下，让他在后半夜翻一翻之前的档案。我的这个高官同学非常幸运，他找到了一个机动车辆管理局中层管理人员，我们根本就不用贿赂他，因为他是《快报》的忠实读者。出于对文化的热爱，他决定冒险帮一把他最欣赏的专栏作家（也就是我）。我不知道这个勇敢的人做了什么，实际上，第二天我就知道了我的驾照号码，请各位读者原谅，我是个有家有室的人，我不能透露这个号码。

得到号码之后，我把它抄写在很多地方，藏在秘密的抽屉里，以防被盗或遗失。我又去了米兰驾照管理所排队，我在办事员眼前挥舞我的号码，他满脸怀疑，然后面带微笑、毫无人性地说，我还必须出示远在二十世纪五十年代，亚历山德里亚市向米兰相关部门通知我驾照号码的公文编号。

我又给老同学打了好几通电话，那位上次帮过忙、已经冒了很大风险的中层管理人员又继续承担起这个重任，进行了几十项非法操作，获取了那个连宪兵都很难搞到的信息，我不能把这个号码说出来，因为隔墙有耳。

我再次回到米兰驾照管理所，排了几天长队，他们答应我，十五天之内我会收到一份神奇的文件。等我拿到这份证明我申请了驾照的文件时，已经是六月底了。因为不存在证件遗失之后的专门补发文件，发给我的文件和那些正在学车、还没驾照的学员一样。我把它展示给一个交警看，我问他，有了这个我可不可以开车？那个交警的表情让我大失所望。好心的交警告诉我，假如他在路上看见我拿着这张纸开车，他会让我后悔自己出生在这个世上。

事实上，我已经悔青了肠子，无奈地重新回到米兰驾照管理所，又过了几天，我才得知，我拿到的那份文件只是第一步，像开胃酒，正式文件还在后面。我将要得到的文件上会说明，我遗失了驾照，但可以继续开车，直到新证发下来为止，因为他们已经查明我以前确实有驾照。我有驾照，这是众所周知的事实，从荷兰警察到意大利警察，驾照管理所也知道，但他们要经过慎重核查，才能白纸黑字地写出来。看看，管理所想要知道的事情，其实他们早就已经知道了，无论再多花多少时间，也无法知道更多了。算了吧，在六月底我一次又一次回到那间办公室，去打听第二份文件的办理情况。但很显然，这次好像需要更长时间，我也只能相信他们，因为他们向我要了很多文件和照片。我觉得，这份文件可能会像护照一样，用了防伪造的纸、水印，还有诸如此类的东西。

到此为止，打车花掉的钱已经是个天文数字，我不得不另辟第三道后门。我在报纸上写文章说明此事，期待有奇迹出现，希望有人可以出手帮忙，因为我要出差，去做对公众有益的事。通过两家报社——《共和国报》与《快报》的米兰分部，我联系上了地方政府新闻处。在那里，我遇到了一位热心的太太，她说她会负责我的事。这位太太根本就没打电话，她单枪匹马，亲自去了米兰驾照管理所，她打通了所有可以打通的关节，从理论和实际的迷宫里找到一条出路。这位太太具体做了什么，我不得而知，我只听到压低的喊叫、翻阅文件的声音，看到门槛下扬起的灰尘。最后她出现在我面前，手里拿着一张黄色的表格，纸张很薄，就像停车场管理员塞在雨刷下的那种纸，大小是 19 cm×13 cm。文件上没有贴照片，上面的字是手写的，用的好像是蘸水笔。应该是《爱的教育》中出现的那种墨水瓶，写在粗糙的纸上，墨水难免会洇开。纸上有我的名字，也有遗失驾照的号码。上面打印的内容说，这张纸可以代替之前遗失的驾照，有效期至本年度的十二月二十九日。很明显，这个日期是为了恐吓那些年底从阿尔卑斯山陡峭崎岖的弯道下来的人，他们远离家乡，可能会遭遇暴风雪，在那个紧要关头，驾照过期，他们可能被警察抓捕，惨遭严刑拷打。

有了这份文件，我可以在意大利开车，但我怀疑，在外国警察的面前亮出这份文件会非常尴尬。无论如何，我现在可以开车了。简而言之，到了十二月，我的驾照还没下来。我在更新那张纸片时也遇到了困难。这一次我不得不再去找地方政府新闻处。我又得到了一张临时证件，上面用歪歪扭扭的笔迹写着这份文件更新到第二年六月。又是一个绝佳的日期，那时候过期的话，我可能会在某条海岸线上开车时被捕。我同时得知，获得延期是因为驾照办下来还需要更长时间。一起排队时，我遇到的那些同病相怜的人告诉我，有人一两年，甚至三年都没有拿到驾照。

前天，我在临时驾照上贴指定的印花税，小商店的人教我不要把税票注销，因为万一收不到驾照，还得再买一次。但我想，不注销的话，不就违法了吗？

关于补办驾照的事，我有三点感想：首先，我能在两个月内拿到临时驾照，是因为我的社会地位和教育程度让我享受的特权；我能联系到三个城市的多位高层官员，惊动了六家国家机关和私人机构，外加一家日报和一家周刊，都是全国发行的报刊。如果我只是个小吃店老板或小职员，就只好去买一辆自行车了。在意大利，想拿到正式驾照开车，恐怕你得是法西斯银行家李乔·杰里本人才行。其次，我如获珍宝放在钱包里的那张证件，其实没有任何价值，也非常容易伪造。因此在国内，有很多开车的人都处于这种绝境，他们没有自己的证件，这是集体违法，或者说是集体假装合法。最后，需要读者去想象一本驾照的样子，现在发的驾照都已经没有外面的护套了，护套需要自行购买，现在的驾照就是两三页非常粗糙的纸，上面有照片。这些驾照并不像佛朗哥·玛利亚·里奇[①]的书那样，是法布里亚诺产的高级纸张印制的，也不是意大利能工巧匠手工制作出来的，而是任何三流印刷厂都能印制，从古登堡之后，西方技术可以在几个小时之内印出几千个这样的驾照，更别说中国人其实早就发明了的活字印刷术。

制作成千上万本这样的册子，在上面贴好"受害人"的照片，通过自动售卖机去领取，这要费什么力气呢？驾照管理部门到底在搞什么鬼？

所有人都知道，"红色旅"可以在短短几个小时之内制造出几十本假驾照。要知道，做假驾照可比做真驾照更费工夫。现在，假如不想遗失驾照的人去造访那些恶名昭彰的小酒馆，迫不得已与"红色旅"的人接头，解决办法只有一个：由驾照管理所出面雇佣弃暗投明的"红色旅"成员。他们有独门绝技，而且时间充裕，可以通过工作来赎罪，这样一举多得，既可以腾出很多监狱房间，又能让被关押的人发挥自己的作用，与其让他们在无所事事中想入非非，可能又会危害社会，不如让他们服务于人民，服务于四轮机动

---

① Franco Maria Ricci（1937—2020），意大利出版商、设计师、艺术收藏家。

车辆。

  也许我想得过于简单。我想说：在这个驾照故事背后，可能有境外势力操控。

        一九八二年

如何阅读产品说明书

　　意大利咖啡馆里常用的糖罐，想必大家都已经见识过了。每次你伸手想从里面拿出小勺子，糖罐的盖子就会像断头台上的刀一样砸下来，把勺子打翻，糖撒得到处都是。所有人都会想，发明这个糖罐的人真应该被关进集中营，可实际上，他有可能正在风景优美的沙滩上度假，享受他的犯罪成果呢。美国幽默大师谢利·伯曼曾说，过一段时间，这个人可能会发明一款安全汽车，车门只能从内部打开。

　　这些年，我的座驾是一辆各个方面性能都不错的车子，唯一不足的是驾驶员的烟灰缸设在左边门上。大家都知道，在开车时，驾驶员会用左手扶着方向盘，右手去换挡，操作其他功能。假如这时候他一边抽烟（我承认抽烟很不好）一边开车的话，他就要用右手拿烟，同时把烟灰弹在左边肩膀的位置，这可是个高难度动作，会让他的目光偏离道路。假如这辆汽车处在我说的情况，时速是一百八十公里，要把烟灰弹进烟灰缸里，会有几秒钟注意力不在开车上，势必跟前面的卡车追尾。可以说发明这个烟灰缸的人是个职业杀手，并不是因为吸烟会引发癌症，他让人死于意外撞击。

我喜欢在电脑上装一些文字处理系统。买一套这类程序，你会收到一个包裹，里面装着安装盘、使用说明和许可证书等，价格从八十万里拉到一百五十万里拉不等。想学会使用它，要么咨询公司的技术人员，要么看说明书。这类公司的技术人员通常是刚才那个发明糖罐的人培训出来的，他一踏进你家门，就可以开枪干掉。这样法院可能会判你二十年，如果找个好律师，坐牢的时间会短一点，但无论如何，你还是节省了时间。

你决定看一看使用说明，根据我对于计算机软件说明书的体验，这真是泥足深陷。电脑使用手册通常都放在一个塑料盒子里，边缘非常锋利，一定要放在儿童无法触及的地方。从盒子里拿出说明书时，会看到一大堆装订的文件，钢筋混凝土般黏在一起，根本无法从客厅搬到书房，标题看起来很混乱，让人不知道从何入手。那些不太狠毒的公司一般会提供两个文件，变态公司则提供四个。

乍一看，你觉得第一本说明书会教你怎么一步步使用那个软件，白痴也能学会；第二本可能是给高手看的；第三本是给业内人士看的，以此类推。但实际上呢，每本手册的侧重点都不一样，你需要马上掌握的东西在软件工程师的手册里，IT人士需要知道的东西，却在菜鸟看的那本册子里。

除此之外，我预测，在未来十年这个册子还会扩充，变成一个三百多页的活页文件夹。

用过活页文件夹的人都知道，一两次之后，翻阅起来就会很困难，因为那些小铁环会变形、散架，里面的纸张散落开来，掉得满地都是。人类在查阅信息时，习惯翻阅的还是书籍，在页边用不同颜色进行分类，或设置凹槽，就像电话本一样，马上可以找到自己需要的信息。但编写电脑软件使用说明的人，根本无视人类这一传统习惯，他们做的说明书只能用八个小时。唯一的解决方案就是把说明书拆了，在一个伊特鲁里亚文明研究专家的指导下，研读六个月，把它们浓缩成四张卡片（这已经够多了），最后把说明书丢掉。

一九八五年

如何避免传染病

好多年前，有个电视演员，他是出柜的同性恋者，明显想勾搭一个长得很漂亮的年轻男孩。他说："你是不是还在跟女人上床，你难道不知道那会致癌？"到现在，这句话还在米兰时尚圈广为流传。但说正经的，我最近读到马特教授的一篇文章，他声称异性恋行为确实会致癌。事已至此，应该有人说出真相了，我要说的是：异性恋行为还会致命。就连小孩都知道，异性恋行为会产生繁衍，越多人出生，就会有越多人死去。

对于艾滋病的恐慌一度让我们限制同性恋行为，当真是有些缺乏民主。我们现在也要限制异性恋行为，将来可能大家都一样。我们过去太欠考虑，重新审视"瘟疫传播者"有助于更清醒地认识我们的权利与义务。

首先我想强调的是：艾滋病问题比我们想象的更严重，不仅仅涉及男同性恋者。我不想危言耸听，只想列出另一些高风险人群。

自由职业者

最好不要经常出入纽约的先锋剧场,大家都知道,因为发音的缘故,英语国家的演员会喷口水,如果你有机会看到他们背光时的剪影,就会发现这一点。这些实验性戏剧让演员和观众亲密接触,演员的口水很容易喷到观众。如果你是议员,千万不要和黑手党打交道,免得不得不去亲吻教父的手。也不建议加入"克莫拉"①,因为入会仪式有血液接触。如果要通过教会踏上政坛,建议避免领圣餐,因为神父的手指会传播病菌,更不用说在他耳边忏悔了。

普通市民和工人

风险最大的是那些通过互助医疗去看龋齿的人,牙医用摸过其他人口腔的手摸我们的嘴。在被运油船污染的海域游泳,也会增加传染的风险,因为带油的矿物质会传播口水分子,这些口水是其他游泳者吞了海水之后吐出来的。每天抽超过八十根"高卢"牌香烟的人,风险很大,因为他们会用碰过其他东西的手指触碰香烟过滤嘴,细菌由此进入呼吸道。尽量避免失业,靠领取社会救济金生活可能会让你养成啃指甲的习惯,这样也容易传染疾病。当心不要被恐怖分子

---

① Camorra,意大利三大主要黑手党势力之一,活动范围在那不勒斯地区。

劫持，因为绑匪每次都用同一个头套，也会传染疾病。从佛罗伦萨到博洛尼亚，千万不要坐火车，如果发生爆炸，有机废物会飞速传播，混乱之中，很难保护自己。要避免出现在被核弹头攻击的地方：看到蘑菇云，人们会不由自主地把没洗过的脏手放在嘴上，惊叹一句：我的天哪！

还有一些高危人群：垂死的人，他会亲吻十字架；死刑犯，因为很明显，断头台上的刀刃肯定没经过消毒；孤儿院和育婴堂的孩子，恶修女会把他们绑在床脚上，逼着他们舔地板。

第三世界

印第安人风险极大：他们抽长管烟斗时，总是你一口我一口轮着抽。大家都知道，这造成了印第安民族的消亡。在中东与阿富汗很容易被骆驼舔到，所以伊朗和伊拉克的死亡率很高。那些被秘密警察拘捕的人也有极大的风险，因为审讯者可能会往他们脸上吐口水。柬埔寨人和黎巴嫩难民营里的人要避免"被血洗"，十个医生有九个都会这样建议，那第十个能容忍的是二战时期的门格勒医生[①]。

南非黑人也是高风险人群，有些白人用鄙视的目光看着他们打呼哨，口水会喷出来，传播疾病。

形形色色的政治犯应该避免被警察用手背打耳光，因为

[①] Josef Mengele（1911—1979），德国纳粹党卫队军官和奥斯威辛集中营的"医师"。

他们的手可能接触过其他政治犯的牙床。遭遇饥荒的民众千万不能以频繁吞咽口水来缓解饥饿感,因为口水接触到周围肮脏的空气,可能会污染肠道。

对这场卫生教育,国家机关和媒体不应该讳疾忌医,噤口不言,应该大肆宣传,而不是只谈论一些无关痛痒的问题。

一九八五年

如何带着三文鱼旅行

最近看报纸,好像目前有两大问题困扰着我们:计算机的普及,还有第三世界让人忧虑的发展。这两点我都深有体会。

前几天我出了一趟门,路途不算远,时间也不长:我在斯德哥尔摩待了一天,伦敦三天。在斯德哥尔摩,我有一点空闲时间,就去买了条熏三文鱼。那条鱼超级大,而且价格低廉,虽然用塑料袋很仔细地包裹起来了,但卖鱼的人跟我说,旅行中最好把鱼冷藏。这事说起来容易,做起来难。

幸运的是,出版商在伦敦给我定了一家高级宾馆,房间里有冰箱。但我到达宾馆之后,感觉像是到了义和团运动时期的意大利驻北京使馆。

不少人在宾馆大厅里安营扎寨,还有一些旅客身上裹着毯子,睡在行李上。我向服务员打听了缘由,我发现这里的服务员大部分是印度人,还有一些马来人。他们告诉我,前一天晚上，这家宾馆安装了计算机系统，因为运行缺陷，电脑已经死机两个小时了。现在没法知道哪个房间有人，哪个房间没人，所以需要等待。

到了晚上，电脑修好了，我终于入住了。来到房间，我为那条三文鱼感到担心，就把它从行李箱里拿出来，找到了房间的冰箱。

通常来说，宾馆的小冰箱里会放着两瓶啤酒、两瓶矿泉水、几瓶小支装烈酒、几瓶果汁和两袋花生米。但我住的那家宾馆冰箱很大，里面放着五十瓶各种各样的饮料，有威士忌、杜松子酒、杜林标利口酒、金万利酒和苹果白兰地，有八瓶巴黎水、两瓶伟图矿泉水、两瓶依云、三瓶小支装的香槟，还有几瓶听装的司陶特啤酒、印度艾尔啤酒、荷兰和德国啤酒、意大利和法国白葡萄酒，另外还有很多坚果、花生、巧克力和咸味小吃，甚至还有黄金养胃泡腾片。总之根本没地方放三文鱼。我只好拉开两个大抽屉，把冰箱里面的东西全部塞了进去，然后把三文鱼放进冰箱，暂时解决了这个问题。我第二天下午四点回到房间时，那条三文鱼放在桌子上，冰箱里又塞满了各种各样的高级美酒。我打开抽屉，发现前一天放进去的食品饮料还在那里。我打电话给前台服务员，让他转告那几层的清洁人员，冰箱空了并不是因为我把里面的东西都喝完了，而是为了腾地方放三文鱼。他回答我说，需要通知中央电脑，因为这家宾馆的大部分服务员都不说英语，无法进行口头交流，需要用BASIC语言交流。

我又打开两个抽屉，把冰箱里的东西放了进去，再把三文鱼放回冰箱，第二天四点我回来时，三文鱼又回到桌子上，散发着一股异味。

冰箱里重新塞满了各种各样的瓶瓶罐罐，而我放在抽屉里的东西让我想起禁酒时期地下酒吧的保险箱。我再次给前台打电话，他们告诉我，电脑系统又出了故障。我按铃叫来客房服务员，那是一个头发盘在脖子后面的伙计，他只会说一种方言。后来我的人类学家同事解释说，这种方言是卡菲里斯坦方言，亚历山大大帝迎娶罗克珊娜时期使用的语言。第二天早上，我去前台签单。上面是个天文数字！我看到，在两天半的时间里，自己喝掉了几百升凯歌香槟、十几升不同品牌的威士忌、几种非常罕见的麦芽精酿、八升杜松子酒、二十五升的矿泉水和气泡水——有巴黎水、依云，还有几瓶意大利圣培露——和无数果汁，简直足够联合国儿童基金会资助给所有贫血儿童喝，还有很多杏仁、花生和核桃，足够让《极乐大餐》里四个主人公的验尸官呕吐。我向前台那个面带微笑、露着被槟榔染黑的牙齿的服务员解释，但他说，电脑上显示的就是这样。我要找律师，他给我了一个牛油果！

我的出版商很气愤，觉得我简直是个吸血鬼。那条三文鱼也没法吃了。我的几个孩子劝我少喝点酒。

一九八六年

如何做财产清单

意大利政府做出了保证，说要采取一些措施保障大学的自治。在中世纪，大学很独立，比现在运作得还好。还有美国的大学，在世界上简直堪称典范，他们也是自治的。德国的大学由各州管理，地方政府要比中央政府的管理更灵活，对于很多问题，比如说任命教授，大学内部做出决定，地方政府给予批准就行了。然而在意大利，假如一个科学家发现了燃素并不存在，他可能也只能在一门名叫《燃素学公理》的课上讲解自己的发现。因为课程名称一旦提交教育部，就很难变更，否则必须和国内所有大学、上级机关、教育部，以及其他我叫不上名字的机构进行艰苦卓绝的协商。

科学研究能够取得进步，是因为有些人看到了其他人看不到的新路子，还有另一些人——在决策上非常灵活的人，决定相信他们。假如挪动维皮泰诺镇的一把椅子也要获得罗马的许可，还要听取基瓦索镇、特隆托拉镇、阿弗拉戈拉村、蒙特雷普利村、德奇其曼努村的意见，等到批准时，也没必要挪动那把椅子了。

学校里的临时代课教师，必须是社会上的知名学者，具有无与伦比的专业素养。但从学校提出申请到教育部批准，通常需要一学年时间。到那时，要么学期已经快要结束，没剩几个星期的教学时间了，要么教育部干脆否决了申请。所以，谁也不愿意冒险请一位诺贝尔奖得主来撞大运，最后只能找校长失业的表妹代课。

科研进展不下去，也是因为要解决一些很可笑的问题，繁琐的官僚手续要浪费大把时间。我目前在大学里做系主任；几年之前，我们要做一份详尽的不动产目录。唯一可以负责此事的办公室职员，还有其他千头万绪要处理。如果把工作包给外面的公司，要花三十万里拉。钱倒是有，但只能用在可以列入清单的资产上，我们怎么能够把做清单的费用列入清单呢？

我不得不召集系里的逻辑学教授开会，他们为此中断了手头上的研究，耗时三天讨论这个问题。他们从中发现了一个类似于"普通集合的集合"的悖论。最后他们决定，做清单是一个行为，而不是物品，不可以列入财产清单，但这种行为会产生一个清单记录，这个清单记录是物品，可以列入财产清单。这就需要那家私人企业给我们开具财产清单发票，而不是做清单的服务发票。让几个严谨的学者放下手中的研究课题来讨论这些问题，真是罪过，但这使我免去牢狱之灾。

几个月之前,校工告诉我没有卫生纸了,我让他去买。而秘书告诉我,我们现在的资金只能买可以列入清单的物资。她告诉我,卫生纸其实是可以列入财产清单的,但因为一些我不想在此深入讨论的原因,卫生纸总是会消失,一旦消失的话,就会从财产清单上消失。我召集了几个生物学专家来讨论这个问题,想知道怎么样把用过的卫生纸列入清单,他们的回答是,这可以实现,但人工成本极高。

我又召集了几个法律专家开会,他们帮我找出了一个解决方案:可以购买卫生纸,列入财产清单,出于科研需要,把卫生纸放入学院的洗手间里,假如这些纸消失的话,我应该报案说:不知道谁把财产清单中的物资给偷走了。麻烦的是,我每两天都要报一次案,专案组的侦查员对院系的管理起了疑心,我们怎么能让小偷那么容易地渗透到内部呢,而且是周期作案。我引起了警方怀疑,但我有自己的铜墙铁壁,他们抓不住我的。

为难的是,为了找到解决方案,我不得不动用那些知名学者和科学家,让他们放下对国家有用的研究,日复一日地浪费国家的金钱,浪费全体教职员工的时间,浪费电话费和贴了印花税的文件。但一切都是按照法律程序进行的,没人会因为浪费了国家的钱而遭到起诉。

一九八六年

如何购买飞机上的小玩意儿

飞机平缓地翱翔在无边无际的平原和荒无人烟的沙漠上空。美洲这片大陆还能给我们提供与自然真实接触的时刻。我正在忘记人类文明，但这时候我看到了放在座椅前方袋子里的读物，一份紧急逃生指南（在紧急迫降时，如何从飞机上撤离）、电影节目单和可以用耳机收听的《布兰登堡协奏曲》介绍，还有一份《新发现》杂志，这是一份购物指南，上面罗列了很多可以邮购的商品，配了各种诱人的照片。接下来的几天里，在其他飞机上，我也发现了类似的杂志：《美国旅行者》《个性礼物》等等。

读这些刊物简直是一种享受，我沉迷其中，简直不可自拔，完全忘记了周围的自然。自然是如此乏味，就像莱布尼茨说的："自然界无跳跃。"（我希望我乘坐的飞机也别跳跃）。文明才是最有意思的，正如大家所知，文明用于修正自然。自然是难以对付的敌人，文明让人做事省力省时。文明把人的身体从奴役中解救出来，让人有时间思考。

比如说，用鼻腔喷雾器往鼻子里喷有药物成分的气体，你还得用两个手指挤压它，才能使喷雾进入鼻腔，想想就烦得要命。不要担心，现在我们有了"自动喷雾器"（售价4.94美元），把药水瓶放进去，它会自动为您喷雾，药物可以渗透到呼吸系统最隐秘的角落。当然了，你还是要用手拿着喷雾器，从照片上看起来，像是举着一把 AK－47 在扫射，但一切总要付出点代价嘛。

有样东西让我很震撼，我希望自己不要真的用上它，并因此受伤。那就是"全知觉毯"，售价 150 美元。它本质上来说是个电热毯，但带有电子程序，可以针对人体各个部位对温度进行调整。也就是说，假如晚上睡觉时肩膀很冷，但大腿根儿老出汗，可以调一下这个毯子，让你的肩膀不受寒，大腿根儿又保持清爽。但如果你在床上睡不着觉，辗转反侧，颠倒了位置那就麻烦了，睾丸，或者说根据不同性别，恰好在这个部位的器官可能会被烫伤。我觉得，让发明者去改进这张毯子是不可能的事，因为他大概已经被烧死了。

你在睡觉时可能会打呼噜，影响自己或伴侣。好东西这就来了！"呼噜停止器"是一个像手表一样的东西，在睡觉前戴在手上。你一开始打呼，"呼噜停止器"马上可以通过传感器察觉到你在打呼，接着就会发出电波，通过手臂传到神经中枢，终止一个什么东西，总之，你就不再打呼了。这个设备的售价只有 45 美元。问题在于，心脏有问题的人不能佩戴。我马上就怀疑，这个设备可能对运动员的健康也有害。再加上它很沉，差不多一公斤，因此，你可以在和已经同居了几十年的伴侣睡觉时用，一夜情就算了，因为戴着一公斤重的手表做爱，可能会引起附带事故。

我们都知道，为了降低胆固醇，美国人会慢跑，他们一口气跑好几个小时，直到心脏病快要发作。"心率指示器"售价大概是 59.95 美元，这个设备可以戴在手腕上，还有一根导线，连接着一个胶环，要套到食指上。它的工作原理是：在我们的心脏系统快要崩溃时，设备会发出警告。这是进步的象征，设想一下，在那些不发达的国家，一个人要跑得气喘吁吁才会停下来，气喘吁吁是一个非常原始的参照。也许加纳的孩子不慢跑，正是因为这个原因。但让人好奇的是，为什么尽管加纳人对此毫不在意，但他们基本都没有胆固醇问题。戴上"心率指示器"，你可以安心跑步，而只需把两根"耐克监控带"戴在身上——一根绑在胸口，另一根绑在腰上——就会有一个电子的声音，通过微处理器和"多普勒效应超声波"，告诉你跑了多长距离，速度是多少（售价 300 美元）。

假如你喜欢养动物，我要隆重介绍一款名叫"自然除虱器"的产品。把这个设备戴在狗脖子上，它会发出超声波，杀死虱子，售价只要 25 美元。我不知道这东西能不能用在人身上，用来杀死阴虱，但我还是很担心它会产生副作用。设备所需的锂电池不包含在内，狗应该自己去买。

"浴室宝"（售价 34.95 美元）是一个挂在墙上的组合，包括一面防雾镜子、一台收音机、一台电视，还有一个放剃须刀和剃须膏的搁架。这则广告说，它会把早上的洗漱变成"非常美妙的体验"。

"香料自动投放器"（售价 36.95 美元）是一个电子设备，里面有一些管子，储存着各种各样、应有尽有的香料。穷人通常会把香料排成一排，放在煤气灶上方的架子上。比如说，当他往每天要吃的鱼子酱上加肉桂，得伸手去拿，但有了这个设备，只要按下一个算式（应该是 Turbo Pascal 语言），你所希望的香料就会出现在面前。

假如你想送给爱人一份特别的生日礼物，只需要 30 美元，一家专业公司就会提供他或她出生当天的报纸。如果在那一天广岛遭到原子弹轰炸，或者是意大利墨西纳发生地震，算他自己倒霉。假如他出生的那一天什么事情都没有发生，这也是羞辱一个人的好方法。

如果飞行时间很长，你可以花三四美元租一副耳机，听各种音乐节目，还有电影原声音乐。但对于那些经常旅行的强迫症患者，如果担心感染艾滋病，可以花 15.95 美元买一副耳机，个人使用的个性化耳机（经过消毒的），可以在乘坐飞机时用。

在过境时，你们想知道一英镑能换多少美元，或者多少西班牙金币可以换一个德国旧银币？穷人这时候会拿出铅笔或者一台价值十块钱的计算器，他们在报纸上查阅当天的汇率,用乘法算一下。那些有钱人呢,可以买一台价值20美元的"货币转换器":这个东西跟计算器一样,但每天早上,总裁都要按照报纸上的汇率重新设定一下才能用,而且它似乎无法算出一些很简单的(非货币)算术题,比如说六乘六等于几。事实上,这个计算器的高级之处恰恰在于,它花双倍的钱,只做一半别的计算器可以做的事。

还有各种各样的神奇记事本(比如说"日程大师""记忆助手""记事儿不用愁"等等)。这些记事本看起来和普通本子样式差不多(除了尺寸很大,一般口袋里放不下)。就像普通笔记本一样,九月三十日之后是十月一日。但广告对它们的描述很不一样。可以想象一下(描述得非常耐心),一月一日,你跟别人约定在十二月二十日早上十点会面,这中间隔了十二个月,我们的脑子根本就无法记住这个无关紧要的细节。这样一来,要怎么做呢?在一月一日,你打开这个记事本,在十二月二十日那天写上:"十点,和史密斯先生见面。"真的很神奇!在这一整年里,你都可以不想这个约定,十二月二十日早上七点,你在吃营养麦片,无意中翻开记事本,你会想起这个约定……但事实上,假如你十二月二十日早上十一点才起床,十二点才看到记事本,那怎么办?事情的前提是这样:假如你花50美元买了一个神奇的记事本,就要养成早上七点起床的好习惯。

十二月二十日那天,为了节省早上在洗手间里花费的时间,你可以花16美元买一个"鼻毛修剪器"或者"旋转修剪器"。迷恋 SM 的萨德侯爵也一定为此着迷，这个工具是电动的，可以伸入鼻子里把鼻毛清理干净，穷人通常用的是裁剪衣服的剪刀，根本就剪不到。我不知道有没有大型鼻毛修剪器，可以用在大象身上。

还有"炫酷冰箱"，是出去野餐时用的便携式冰箱，上面还带电视。"鱼形领带"是一条形状像鳕鱼的领带，100%聚乙烯材料。"硬币盒"（一个可以提供硬币的设备）可以免去买报纸时在口袋里乱翻的烦恼，遗憾的是，它的尺寸比装着圣奥尔本遗骨的匣子还大。更不用说在紧急情况下，你不知道去哪里找那么多钱币填满它。

喝茶时，假定茶叶质量不错，只需要烧水壶、茶匙，顶多再加个过滤器。"神奇茶师傅"是一款售价 9.95 美元的复杂机器，会让煮茶像煮咖啡一样麻烦。

我肝脏有毛病，尿酸过高，有过敏性鼻炎、胃炎、膝关节炎、肘关节劳损、维生素缺乏症、肌肉和关节疼痛，还有脚趾外翻、过敏性湿疹，也许还有麻风病。幸运的是，我没有得疑病症，怀疑自己得了病。问题在于，我得记住自己每天在特定的时间需要吃什么药。有人送给我一个银质药盒，但我早上总是忘记把药盒填满。带着那么多药瓶子在外面走，要花很多钱买皮包，另外滑滑板也不是很方便。这时候，可以选用"药品集装箱"，它的尺寸不会超过一辆蓝旗亚 THEMA，自带滚轴，会陪伴你度过忙碌的一天，总会在合适的时刻给你献上该吃的药片。"电子小药箱"（只要

19.85美元）更加精致，但针对的是患病不超过三种的病人。这个小药箱有三格空间，里面设置了微电脑系统，在需要服药的时间，会发出信号提醒。

假如家有老鼠，"简易捕鼠器"正适合你，在里面放上奶酪就万事大吉，可以出门看戏了。通常使用的捕鼠器，老鼠进去时会撞到机关，于是刀刃落下把老鼠杀死。"简易捕鼠器"则不同，内壁圆滑，如果老鼠进去之后只停留在"前厅"，那它就捡了一条命（不用消耗奶酪）。假如它吃了奶酪，那么设备会旋转94度，铁门落下把老鼠关在里面。这个工具只要8美元，而且是透明的，你可以在电视出了故障的夜晚观察这些老鼠，捉住之后在田野里放生（非常环保的做法），或者把工具和老鼠一起丢到垃圾箱里，或者——在围城的时候——倒进一锅沸水。

"叶形手套"会把你的双手变成巧夺天工的蹼形，就好像核辐射产生的基因突变，或是科幻片里夸特马斯博士将翼手龙和鹅杂交搞出来的结果。这种手套可以在收集你家八万英亩公园里的叶子时派上用场。只需要12.50美元，就能省下园丁和猎场管理员的费用（建议查泰莱夫人的丈夫购买）。"领带救星"将一种油性液体喷在领带上，这样你在马克西姆餐厅吃完番茄烤面包片之后，就不用像做完心脏移植手术的巴纳德医生一样去参加董事会。这款产品售价15美元，对于还在用发蜡的人尤其实用，可以用领带擦额头。

行李箱已经满得塞不进去东西了，这可怎么办呢？笨蛋才会急匆匆出去，另买一个麂皮或是野猪皮箱子。如果带两只箱子的话，两只手就都被占住了。"行李附加袋"是一个鞍形装备，可以附加在你唯一的行李上，把塞不进行李箱的东西都装进去。这样行李的厚度可能会高达两米多，只要花上 45 美元，就可以体验牵一头骡子上飞机的快感。

"魔法钱包"（售价 19.95 美元），可以让你把信用卡藏在贴着小腿的秘密口袋里。这对毒品贩子很有用。"驾驶警报器"是在开车时放在耳后的设备，一打瞌睡——也许是饭后犯困——当你的头向前垂到一定限度，警报就会响起。从照片上看，耳朵上戴着这个设备，看起来像《星际迷航》或《象人》里的人物，或者叱咤政坛的安德烈奥蒂。假如戴着这个东西时有人问你："你愿意娶我吗？"千万不要一个劲儿点头，超声波会要了你的命。

我最后要介绍的是"鸟儿自动喂食器"，还有一只很特别的啤酒杯——上面有自行车的车铃，要再加一杯的话，可以直接按铃——一个面部桑拿器，一台像加油泵一样的可口可乐机，还有一个双瓣自行车座：非常舒适，一瓣屁股坐一边，简直是前列腺肥大患者的福音。广告上还说，这是一个"分体设计"，就好像在说："要把你的屁股分两瓣（当然不是带着恶意）。"

坐了一趟又一趟的飞机，我也有机会逛了不少书报亭，学到很多东西。几天前，我发现有份杂志是关于如何寻宝的。我买了一本巴黎出版的《历史的宝藏》，里面介绍了掩埋在法国各地的秘密宝藏，还提供了准确的地理位置和地形状况，并列举了在那些地方已经发现的宝藏。

我买的那一期杂志详细介绍了在塞纳河里能捞到的宝贝，有古代钱币，还有几个世纪里人们丢在河里的东西：宝剑、瓶子、船只、可能会引起麻烦的赃物，当然也有艺术品。杂志里还说，中世纪邪教组织"永恒之星"在布列塔尼埋藏了很多宝贝；还有亚瑟王传说中布劳赛良德魔法森林里的宝藏，可以追溯到魔法师梅林和圣杯传奇的时代，杂志解说得很详细，如果你愿意的话甚至可以亲自去鉴定圣杯；法国大革命期间旺代党人埋在诺曼底的宝藏；路易十一世的理发师——人称"魔鬼奥利威尔"的宝藏；还有在亚森·罗宾历险小说中提到的"侠盗"宝藏——很明显是开玩笑，但它们都真的存在。杂志里还提到一本《法国寻宝指南》，但只有简介，这本书花26法郎即可购得，书中有七十四幅地图（比例尺1∶100），读者可以选择自己所在的省份去寻宝。

这时候，读者会问，如何在地下或水下寻宝呢？不用担心。这本杂志上刊登了一系列广告，都是寻宝者所需要的装备。有各种各样的探测仪，可以探测到黄金、金属以及其他贵重材质。如果要在水下进行探测，有专用的潜水衣、面具和潜水鞋，还有可以在水下辨识珠宝的仪器。这些设备中有一些价格昂贵，要几十万里拉，有的甚至上百万里拉。他们还会提供一些积分卡，持卡消费满两百万里拉，可以获得十万里拉的优惠。我不知道这种小恩小惠有什么意义，因为购买者这时至少已经找到一整箱西班牙金币了。

比方说，花上八十万里拉，就可以拥有一台"米思坎探测仪"，它看起来有些笨重，但既可以探测到地下二十五厘米的铜币，也能够检测到一个埋在我们脚下三米深处、大约两米长的箱子里的金属。另外还有一些具体说明，讲解使用不同探测器的技巧，在下雨时比较容易找到大体积的东西；在晴天比较容易找到小东西。"海滩无敌手60"用于在海滩以及其他有很多矿物质的地方进行搜索。但你要知道假如一枚铜币埋在钻石矿藏旁边，机器可能失灵，无法探知铜币的存在。此外，还有一则广告说世界上百分之九十的黄金都没有被发现。"黄金眼探测仪"的价格是一百五十万里拉，非常容易操作，专门用来探寻黄金矿脉。还有一种售价更便宜的便携式探测仪——"金属定位器"，可以让你在老家具还有壁炉里进行搜索。花不到三万里拉，可以买一支"AF2喷雾"，用来清洗找到的钱币。手头拮据的则可以选用各种各样的超声波清洗仪。如果想进一步了解寻宝相关知识，有一系列的书籍可以查阅：《法国宝藏的秘密》《地下宝物指南》《寻找遗失的宝物指南》《应许之地：法国》《地下法国》《比利时与瑞士寻宝手册》等等。

你一定会思考这个问题：既然那些编辑知道这么多隐藏金银财宝的地方，为什么他们自己不收拾行装，去布列塔尼挖宝，还要浪费时间写文章？事实上，所有这些杂志、书籍、探测仪、蛙人鞋、除锈剂，都是同一个机构出售的，他们在各地有一系列连锁店。谜底揭晓：他们已经找到了真正的宝藏。

还有一个问题需要思考：究竟是哪些人让这些机构发了财呢？他们可能和有些意大利人一样，会抓住电视拍卖的黄金机会，连滚带爬去领取家具商提供的福利。这么说来，法国人到处挖宝，虽然可能一无所获，但在森林中散步至少有益健康。

一九八六年

如何成为马耳他骑士

我收到一封信，抬头是用法文写的：耶路撒冷圣约翰主权军事骑士团、马耳他骑士团、维勒迪约三位一体普世大修会、瓦莱塔总部和魁北克大修会，信中邀请我加入马耳他骑士团。如果查理曼大帝亲自给我发一道圣旨，我可能会更高兴。但无论如何，我还是把这个好消息告诉了几个孩子，让他们知道，我这个做父亲的可不是凡夫俗子。我在书架上找到一本书，由阿诺·沙凡康和伽利马·弗拉维尼合著，一九八二年在巴黎出版，名叫《真假骑士团》，在这本书里公布了一系列伪马耳他骑士团的名字。这本书是由货真价实的"耶路撒冷、罗得岛及马耳他圣约翰主权军事医院骑士团"发行的，他们的总部在罗马。

还有其他十六个马耳他骑士团，名字大同小异，所有这些骑士团彼此承认，又相互混淆。在一九〇八年，俄国人在美国建立了一个骑士团。近年由罗伯托·帕泰尔诺二世亲王殿下领导，他也是阿耶韦·阿拉贡亲王、佩皮尼昂公爵、阿拉贡皇室领袖、阿拉贡和巴利阿里群岛的合法继承人，帕泰尔诺的圣阿加塔领巾骑士团与巴利阿里群岛的皇冠骑士团首领。但一九三四年，这个组织里的一个丹麦人另起炉灶，建立了另一个骑士团，将领袖头衔给了丹麦和希腊的彼得王子。

一九六〇年代，保罗·德·格拉涅尔·卡萨尼亚克从俄国人的骑士团里分离出来，在法国建立了新的骑士团，选择南斯拉夫的国王彼得二世作为保护人。但在一九六五年，失去王位的彼得二世和卡萨尼亚克发生争执，跑去纽约建立了新的骑士团，在一九七〇年代由丹麦和希腊的彼得王子担任大团长，但他后来放弃了头衔，转投丹麦骑士团麾下。一九六六年，一个叫罗伯特·巴萨拉巴·冯·布兰柯万·希姆希阿什维利的人担任骑士团领袖，但他后来被逐出骑士团，建立了"马耳他普世骑士团"，这个骑士团有一位王室保护人，就是拜占庭王子恩里科三世，他同时也是色萨利王子，这位殿下的全名是科斯坦蒂诺·迪·维戈·拉斯卡里斯·阿雷拉米克·帕莱奥洛戈·德·蒙费拉托。后来他建立了另一个马耳他骑士团，成为美国马耳他骑士团的大团长，而前面说到的巴萨拉巴在一九七五年试图自立门户，建立维勒迪约三位一体普世大修会，就是邀请我参加的这个，但后来没有成功。我还找到了一个受拜占庭庇护的骑士团，那是罗马尼亚的卡罗尔王子与卡萨尼亚克决裂后创办的，规模很庞大，由通纳-巴尔泰任大行政官,而南斯拉夫的安德烈王子——彼得二世创立的骑士团的前任大团长——成为俄国骑士团大团长。不久,这位王子退出,骑士团更名为"欧洲与马耳他皇家骑士团";在一九七〇年代,施瓦贝男爵和维托里奥·布萨建立了一个骑士团,布萨是东正教比亚韦斯托克大主教,兼东西方流散者领袖、但泽①共和国总统、白俄罗斯民主共和国总统、鞑靼与蒙古可汗、维克多·帖木尔二世;一九七一年,罗伯托·帕泰尔诺殿下,跟阿拉罗侯爵兼男爵联手创立了一个国际大修会,一九八二年,另一位帕泰尔诺家族的成员成为这个修会的庇护者,他是君士坦丁堡的莱奥帕尔迪·托马西尼·帕泰尔诺,皇家族长,也是东罗马帝国的继承人,亦即遵从拜占庭礼仪的大公教会的合法继承人、蒙特阿佩尔托侯爵,以及波兰王位正统继承人。

一九七一年,要给我授勋的那个骑士团出现在马耳他,那是从巴萨拉巴的骑士团里分裂出来的,受亚历山大·里卡斯特罗·格里马尔迪·拉斯卡里斯·科孟诺·文蒂米利亚——沙斯特尔公爵、代奥尔亲王和侯爵的庇护,现任大团长是卡罗·斯蒂瓦拉·迪·弗拉维尼侯爵。在里卡斯特罗死后,这位侯爵联合了皮埃尔·帕斯洛,他除了继承了里卡斯特罗的头衔,另外还拥有比利时大公教会大主教、耶路撒冷圣殿主权军事骑士团大团长,以及遵循孟菲斯秘仪的共济会

---

① Danzig,一译格但斯克(波兰语:Gdańsk),德国称但泽,波兰滨海省的省会城市。

总会长兼圣职者等头衔。

　　这本书里可能也有谬误,我悻悻地把它放回书架。但我明白了一件事:人应该有归属感,免得自觉生活没有意义、轻如鸿毛。意大利 P2 共济会解散了,主业会没做好保密工作,大家都在说三道四,所以我选择了意大利竖笛协会。这个协会独一无二,真实存在,源远流长,为大众所认可。

　　　　　　　　　　　　　　　　一九八六年

如何在飞机上吃东西

几年前,我坐飞机去了一趟阿姆斯特丹,在这场短途旅行中,我损失了两条布克兄弟领带、两件巴宝莉衬衣、两条百得利裤子,还有一件我在邦德街买的粗花呢外套,以及一件克里琪亚马甲。

国际航班有个好习惯,就是在飞机上提供餐饮。但大家都知道,飞机上的座椅和小桌板都很窄,又经常颠簸;而且机上提供的餐巾也非常小,如果把它围在脖子下,肚子会露出来,摊在腿上,又顾不到胸口,真是顾此失彼。照理说,在这种情况下应该给旅客提供一些不容易弄脏衣服的固体食物。当然,也不是说要每人发一板奥乐维他维生素片。我所说的固体食物是米兰风味排骨、烤肉、奶酪、薯条和烤鸡之类的东西。而比较容易弄脏衣服的食物则是浇了很多番茄酱的意大利面、帕尔马奶酪烤茄子、刚出炉的披萨,还有盛在小碗里的浓汤。

现在，飞机上通常吃的是：煮烂的肉上浇了褐色汁儿，大量的番茄，切得很细的蔬菜用葡萄酒腌制过，还有浇了汁的米饭和豌豆。我们都知道，豌豆很难用餐具捞上来——就是因为这个缘故，即使是最伟大的厨子也不会在豌豆里塞肉馅儿——尤其当你想遵照餐桌礼仪，用叉子而不是勺子吃豌豆的时候，就更加艰难了。别对我说中国人更惨，我可以肯定，用筷子夹豌豆远比用叉子容易。你可能会说，那些豌豆不该用叉子叉，而是要用叉子揽在一起，没用的，我觉得设计叉子的目的，就是让人假装把豌豆捞起来，其实是为了让它们掉下去。

另外还要补充的一点是，这些豌豆总是在飞机遇到气流颠簸、机长让大家系好安全带时送上来。按照人体工程学的复杂计算，结果是：豌豆要么会灌进领子里，要么掉在裤子上。

古代寓言家告诉我们，为了不让狐狸喝到水，要用又高又细的瓶子装水。飞机上的杯子都很低，而且是敞口的，简直像个小盆儿。当然了，在这种杯子里装任何液体，即使没有气流颠簸，也会洒出来。飞机上提供的面包不是法棍，法棍很筋道，即使是新鲜的，咬起来也要费些力气，飞机上通常提供一种特别酥脆、一碰面粉就会扑簌簌往下掉的面包。按照拉瓦锡质量守恒定律，这些粉末表面上消失了，其实并没有。当你到达目的地、离开座椅时，会发现屁股下全是粉末，而且肯定已经揉搓进裤子的布料里。甜点吃起来也麻烦，要么像蛋白脆饼，也会掉渣，跟面包渣混在一起，要么立马流得满手都是，然而这时候，你的餐巾纸上已经沾满了番茄酱，没法擦手了。

确实还有一块湿纸巾：但湿纸巾的包装和盐、胡椒、糖的包装一模一样，你已经把糖放在沙拉里了，而湿纸巾可能已经被你丢进了咖啡。滚烫的咖啡端上来时，通常放在超强导热的杯子里，而且马上就要溢出来，很容易让你在被烫到之后失手打翻，和刚才黏在腰带上的番茄酱会合。在商务舱，空姐会直接把咖啡浇在你腿上，然后用世界语向你道歉。

飞机上的空乘大概是从那些只用那不勒斯摩卡壶倒咖啡的酒店业专家里精挑细选出来的：就是不把咖啡倒在杯子里，十有八九会倒在桌布上。为什么会这样？最大的可能是他们想让旅客有奢华的感觉，他们脑子里一定都想着好莱坞电影中的场景：暴君尼禄总是用敞口杯喝酒，把胡子和斗篷弄湿；还有那些封建领主，总是拥着侍女大吃大喝，任由鸡腿的酱汁溅在带花边的衬衣上。

但为什么在位子宽敞的头等舱他们会端上固体食物？比如抹了俄国鱼子酱的黄油吐司、烟熏三文鱼、用柠檬汁和橄榄油腌制的龙虾块。可能是因为在维斯康蒂的电影里，纳粹高官说"拉出去枪毙吧"时，会往嘴里塞一颗葡萄。

一九八七年

如何谈论动物

假如你不那么关注时事，接下来我要讲一则前不久发生在纽约的新闻。

在纽约中央公园里的动物园中，有几个小孩在北极熊待的池子边玩耍。其中一个小孩想挑战其他孩子，他跳到水里，围着几头熊游泳。为了强迫其他人也跳下水，他把伙伴们的衣服藏了起来。几个男孩跳到水中，在一只安安静静、昏昏欲睡的大白熊旁边戏水，还时不时去逗弄那头熊。这时熊发怒了，伸出一只爪子，生吞了两个孩子，像吃零食那样，几口就吃掉了，只剩下一些血肉模糊的残肢。警察赶了过来，甚至连市长也来了，人们讨论是不是应该把那头熊杀死，尽管大家都承认，不是熊的错。后来还有人专门写文章讨论这件事，反响热烈。据查，这几个孩子是西班牙裔：从波多黎各来，说不定是黑人，大概刚刚移民到纽约。无论如何，他们的胆大妄为都是贫民窟那些拉帮结派的男孩的惯有表现。

人们对于这件事做出各种各样的阐释，都挺严厉的。以至于后来流传着一种愤世嫉俗的观点，至少人们嘴上是这么说的：这就是物竞天择，谁让他们愚蠢到在熊身边游泳，真是活该，我五岁时已经不会像白痴一样跳到池子里去送死。还有人从社会层面分析：这是贫穷、缺乏教育带来的恶果；哎！那些社会底层，不但穷，而且行为鲁莽，做事欠考虑。但我想，这怎么可能是缺乏教育呢？即使是最穷苦的孩子，他们在电视上、在学校里的书里，难道没有看到熊会吃人，所以猎人会杀死熊吗？

这时，我突然想到那些孩子之所以跳进池子，也许正是因为他们看了电视，在学校接受了教育。他们可能是我们被大众媒体和学校教育美化过的罪恶感的牺牲品。

自古以来，人类对动物便残酷无情。而当我们意识到自己的邪恶后，突然态度大变，不是说开始热爱所有动物，毕竟人还是要吃肉的，但至少我们开始说动物的好话。如果媒体、学校，还有公共机构应该做点什么让我们自己原谅人类的自相残杀——从心理和道德的角度——那么强调动物的善良绝对是个好主意。他们对于第三世界孩子的死活不管不顾，却鼓励发达国家的孩子不但要爱护蜻蜓和兔子，还应该善待鲸鱼、鳄鱼和毒蛇。

需要注意的一点是，这种教育本身没什么错。但采用的说服技巧太夸张了：为了让大家相信动物应该得到救助，而不是任其自生自灭，它们被拟人化了，成了各种各样的玩偶。这种教育不去说明虽然这些动物充满野性，会吃人，但它们有权存活，而是把它们塑造成可爱、滑稽、与人为善、助人为乐、睿智而谨慎的形象。

没有任何人比仓鼠更没大脑，比猫咪更狡猾，比八月的狗更爱吐舌头，比小猪更脏更臭，比马更歇斯底里，比飞蛾更蠢，比蜗牛更加黏糊糊，比蝰蛇更毒，比蚂蚁更缺乏想象力，比夜莺更有唱歌的天赋。真正要做的很简单，我们要学会爱动物——如果实在做不到，也要尊重它们——爱这些动物本来的样子。古代的童话故事夸大了狼的邪恶，现代的童话故事夸大了狼的善良。我们必须挽救鲸鱼，并不是因为它们善良，而是因为它们是自然中非常重要的一员，有助于维护生态平衡。但现在的孩子接受的教育是：他们在电视上看到了会说话的鲸鱼，改邪归正加入"方济各小兄弟会"的狼，尤其是到处都能看到泰迪熊。

广告、动画片、绘本里充满了各种各样善良的熊，它们遵纪守法，喜欢人的爱抚，也会保护人。但对于熊来说，它之所以可以存活下去是因为它又大又胖、憨厚笨拙，这不是在侮辱它吗？我怀疑，纽约中央公园那几个可怜的孩子遇难，并不是因为缺乏教育，而是过度教育。他们是我们可悲良心的牺牲品。

为了让孩子忘记人类有多邪恶，他们总是强调熊很善良。其实，我们真应该跟孩子们说清楚：人到底是什么样的，而熊又是什么样的。

一九八七年

如何撰写前言

我写这篇文章，目的是想说明如何给论文、哲学论著或学术文集写前言。这些书很可能会通过比较正规的出版社或者大学出版社的丛书出版，要尽量遵守学术写作规范。

在下面的段落中，我会简单地陈述一下为什么要写前言，前言应该包含哪些内容，还有致谢部分应该怎么写。致谢能够展示一位学者的真正水平，但也可能会出现这样的情况，就是在完成一本专著之后，发现没人可以致谢，不过没关系，尽管虚构一些，没有致谢部分的研究成果让人怀疑，总是能找到可以感谢的人。

撰写这篇专栏文章时，多年的学术出版生涯让我获益匪浅：意大利共和国教育部、都灵大学、佛罗伦萨大学、米兰理工大学、博洛尼亚大学、纽约大学、耶鲁大学、哥伦比亚大学等对我帮助很大。

如果没有莎宾娜女士的宝贵合作，我是无法完成这篇文章的，我对她非常感激。因为凌晨两点时，我的书房到处都是烟屁股，还有碎纸片，而第二天早上我再回到那里时，一切已经看起来整洁宜人了。另外我要特别感谢芭芭拉、西蒙娜、加布里埃拉，她们为我能够静心思考做出了卓绝的努力，她们替我接听越洋电话，都是邀请我去参加一些和我的专业八竿子打不着的研讨会，感谢她们替我婉拒了那些邀请。

假如没有妻子的长期支持和帮助，我也没法完成这篇文章，作为一个学者，我总是为思考人类生活最核心的问题所苦，而她耐心忍受我反复无常的性情，并给予我明智的建议，指出世间的一切都是虚妄。还有她端上苹果汁时的循循善诱，让我把它当成苏格兰精酿喝下，我的妻子功不可没，这篇文章展示出来的清醒就能证明这一点。

几个孩子是我的快乐源泉，他们给我带来能量，给予我亲情，让我有信心完成我的工作。感谢他们神气活现地对我的工作不屑一顾，让我每天与自己后现代社会知识分子的身份斗争过后，仍然有精力完成这篇文章。感谢他们赋予我顽强的意志，为了避免在走廊里遇到他们的好朋友，为了避免他们发型流露的审美折磨我脆弱的神经，我决定埋首于书房，写完这篇专栏。

本文得以发表，还要感谢卡罗·卡拉乔罗、利奥·鲁比尼、欧金尼奥·史卡法利、利维·扎内蒂、马尔科·贝内代托，以及《快报》股份公司其他董事的慷慨资助。特别鸣谢公司的行政总监米尔维亚·菲奥拉尼，她每个月持续的支持和帮助，让我的研究得以进展下去。读者能看到鄙人的这篇拙作，还要感谢发行部主任圭多·费兰泰利。

工程师卡米罗·奥利维蒂和他的公司也为这篇文章的撰写做出了贡献，让我可以用 M21 电脑写作。另外，还要特别感谢 Micropro 公司研发的 Wordstar 2000 文字处理系统。这篇文章是通过一台 Okidata Microline 182 打印的，在此顺致谢意。

没有乔瓦尼·瓦伦蒂尼、恩佐·格里诺、菲尔迪南多·阿多尔纳托三位先生的鼓励和鞭策，我也没法写下去，他们每天通过电话亲切地催促我，告诉我《快报》要发到印刷厂了，我要尽快给这一期"密涅瓦火柴盒"专栏找一个主题。

很显然，上面提到的诸位无需对这篇文章的学术性负责。我要说明这一点：我会全权负责之前和未来文章带来的所有后果。

一九八七年

如何主持电视节目

挪威斯瓦尔巴群岛科学院派遣我去研究邦加人，这是崛起于"未知之地"和"幸运岛"之间的文明，我用了几年时间了解它，那真是一段令人着迷的经历。

邦加人日常所做的事情和我们都差不多，但他们有个奇怪的习惯，那就是他们说话时会提供完整的信息，根本无视"言外之意"和可想而知的事。

比如说，我们现在开始说话，当然是要用语言说话了，毋须申明这一点。但一个邦加人对另一个邦加人说话，总是这样开始的："注意，现在我要用语言讲话了。"又比如，我们盖了房子之后，会给来访者说明街道名称、门牌、户主姓名，还有从哪个楼梯上去（日本人除外）。而邦加人呢，他们会首先在房子上写上"房子"，然后用一系列专用的牌子注明砖头、门铃，他们会在门旁边写上"门"字。假如你按了一位邦加绅士的门铃，他开门时会说："我现在打开门。"

然后再做自我介绍。假如他请你吃晚饭，当你入座时他会说："这是桌子，这是椅子!"接着，他会用自豪的语气宣布："现在开始介绍女仆，这是罗西娜。她会问你想吃什么，然后给你端上你最喜欢吃的东西!"在餐馆里吃饭大致也是这个程序。

邦加人去剧院才最让人惊异。剧场里的灯刚刚熄灭，就会出现一个演员，他说："这是幕布。"幕布拉开，上来另一些演员，演出《哈姆雷特》或者《癔病患者》。每个人都要做自我介绍，先是他们的真实姓名，然后是扮演角色的名字。当一个演员说完了，他会宣布："现在，我们停一下!"过几秒钟，另一个演员开始说话。在一幕戏剧结束时，不用说，当然会有一个演员宣布："现在是幕间休息时间。"

最让我震撼的是，他们的音乐剧内容和我们一样，也包含了对话、独唱、对唱和舞蹈。我们习惯看到两个喜剧演员斗嘴，然后他们会唱起歌，接着两个人都隐身而去。这时会有一群少女进入舞台开始跳舞，好让观众放松一下，舞蹈结束，演员又回到舞台。邦加人的音乐剧却不是这样，首先是两个演员宣布，他们会来一段插科打诨的喜剧，然后他们宣布接着是一段对唱，等演完了，舞台上留下的最后一个演员会说："现在是舞蹈!"最让我惊异的是，在幕间休息时，幕布上会出现广告，就跟我们这里一样。但演员宣布幕间休息后，总会说一句："现在是广告时间!"

我一直在想，到底是什么让邦加人这么执着于说清楚每件事情。我想，可能因为他们在理解上有很大的困难，假如不对他们说："现在，我要向你打招呼。"他们难以明白有人对他们打了招呼。可能，事情本来就应该这样。我觉得还有一个原因，邦加人热衷于演戏，所以他们要把一切都表现出来，包括那些不言而喻的东西。在和邦加人一起生活的那段时间里，我也搞清了鼓掌背后的历史。以前，邦加人鼓掌有两个原因：首先是因为他们对看到的演出非常满意，其次是他们想对那些了不起的人表示敬意。从鼓掌的强度和时间能看出一个人有多受崇敬和欣赏。还是很久之前，有些心术不正的剧场老板，为了让大家觉得演出很精彩，会花钱雇人鼓掌，这些"托儿"混在观众中间，时不时起来喝彩。当电视节目开始普及之后，邦加人会把组织者的亲戚朋友都叫到演播厅里，通过灯光信号（电视观众并不知情）提醒他们什么时候该鼓掌。但一段时间之后，电视观众发现了其中的奥秘，在我们这儿，鼓掌可能就此变得没意思。但是，邦加人可不是这种反应，那些坐在家里的观众也期望能去鼓掌，一群群邦加人自发来到演播厅门口，为了能进去鼓掌，他们甚至愿意出钱，有些人还去参加了专门的培训班。后来，鉴于大家都知道真相，主持人会在合适的时机大声宣布："现在我们掌声鼓励！"但很快，没有主持人的提醒，演播厅里的观众也会自发鼓掌。比如说，主持人问一个在场的观众："您在哪里工作？"他回答说："我是市政府流浪狗收容所煤气室管理员。"观众席也会掌声雷动。在这种情况下，就像意大利名角彼得罗利尼①一上台，主持人还没来得及说完"晚上好"，就听见掌声响起。当主持人说："我们又到了每周四的……"观众不仅仅会拍手，还会哈哈大笑。

掌声已经变得无处不在，甚至在广告节目中。推销员说："请认准 PIP 减肥产品。"都会听到排山倒海的掌声。电视观众清楚地知道，在拍摄这则广告时推销员面前根本就没有人，但他们很需要这阵掌声，否则节目就会显得虚假，他们会换台。邦加人要求电视展示真实的生活，而不是装模作样。观众（像我们一样）就应该鼓掌，而不是演员（演员是假装），电视是对着世界打开的窗口，鼓掌是一种保证。他们在筹备一档节目，里面只有热情鼓掌的演员，名叫《电视真实》。为了感觉自己还紧紧拥抱生活，邦加人总在鼓掌，不参加电视节目时也会大肆鼓掌。他们在葬礼上鼓掌，不是因为自己高兴，也不是为了赞美去世的人，而是为了避免变成一个黯淡的影子，为了感觉自己真实地活着，就像在电视屏幕里看到的情景。有一天，我在一个邦加人家里，进来一个亲戚说："刚才奶奶被卡车撞了！"所有人都站起来开始鼓掌。

我不能说邦加人比我们落后。相反，我认识一个邦加人，他告诉我，他们有意征服世界。这个计划并不是空想，回国后我才反应过来。晚上，我打开电视，看到主持人在介

---

① Ettore Petrolini（1886—1936），意大利电影和舞台剧演员。

绍几位年轻漂亮的女助手，然后宣布他要来一场喜剧独白，独白之后接着宣布："现在开始精彩的芭蕾舞！"还有一位衣着考究的绅士在和另一位德高望重的绅士谈论最严肃的经济问题，后来他们中断了交谈，其中一位绅士说："现在是广告时间。"有些主持人甚至会介绍在场的观众，当镜头扫过他们时，大家都在热烈鼓掌。

我感到一阵不安，去了一家以"新式料理"出名的餐厅。服务员给我端上来三片生菜叶子。他说："这是一道蔬菜沙拉，伦巴第地区产的生菜缀以切碎的罗梅里纳芝麻菜，用海盐、香醋，还有翁布里亚特级初榨橄榄油调味。"

一九八七年

如何使用地狱摩卡壶

可以用不同的方式煮一杯美味的咖啡：摩卡咖啡、意式浓缩、土耳其咖啡、巴西咖啡、法式滤压咖啡和美式咖啡。每种咖啡都各有风味，各有千秋。有的美式咖啡稀汤寡水，通常在车站有售，一百度的滚烫咖啡装在一次性塑料杯里，简直就是以种族灭绝为目的。有时候在朋友家做客，或者在小餐馆吃饭，那种用咖啡渗滤壶煮出来的咖啡，通常都配有鸡蛋培根，这种咖啡香气四溢，像喝水一样畅快，但喝完会心悸，因为一杯咖啡里的咖啡因比四杯意式浓缩还多。

当然也有像刷锅水的咖啡。这些咖啡的原料通常是发霉变质的大麦、死人骨头，还有从凯尔特药房的垃圾堆里捡来的几粒真咖啡豆。通常这种咖啡很容易辨识，它散发着汗脚和刷锅水的味道，在监狱、少管所、卧铺车厢和豪华酒店都能喝到。的确，如果你下榻的是富丽广场酒店、玛利亚·尤兰达&布拉班特、阿尔卑斯温泉度假村，那么可以点一杯意式特浓，但端到房间时，上面可能已经结了一层冰。为了避免这种情况出现，你改点了一份"欧陆早餐"，准备好享受躺在床上吃早餐的乐趣。

这份"欧陆早餐"包含两个夹心小面包，还有一个牛角面包，一杯几乎稀释成清水的橙汁，还有一小块黄油、一小罐蓝莓果酱、一小罐蜂蜜、一小罐杏子果酱、一壶已经冷了的牛奶、一张十万里拉的账单，除此之外，还有一个装满寡淡咖啡的地狱摩卡壶。平常人家用的咖啡壶，或者以前老咖啡馆用的壶，咖啡都是从小壶嘴里倒出来，壶盖上还有特别设计的机关，防止掉落。但豪华酒店和火车卧铺上用的地狱摩卡壶，壶嘴特别大，看起来像变形的塘鹅嘴，而且盖子也特别松，壶身稍微倾斜一下，就会不由自主地掉下来。这两个特别的设计，让你一倒咖啡，就会把牛角面包和果酱打湿，同时盖子也掉了下来，剩下的半壶咖啡就自动倒在床单上。在卧铺车厢里，地狱摩卡壶用一般的材质就够了，因为火车的晃动足够使咖啡洒出来。而豪华酒店的地狱摩卡壶通常是陶瓷的，盖子更加光滑和致命。

关于地狱摩卡壶的起源和流行的原因，存在两种学说。弗莱堡学派认为：这种工具可以让酒店证明你晚上的床单是换过的。布拉迪斯拉发学派则认为：生产这种咖啡壶是出于道德方面的考量（参见马克斯·韦伯的《新教伦理与资本主义精神》），地狱摩卡壶让你不能赖在床上，因为裹着湿漉漉的床单吃泡了咖啡的牛角面包很不舒服。

这些该死的咖啡壶在市面上基本买不到，是为豪华酒店和火车卧铺量身定制的。连在监狱里，犯人都是用铁皮杯子盛刷锅水咖啡，毕竟用咖啡泡过的床单做成绳子越狱时，在黑暗中不容易被发现。

弗莱堡学派建议，可以要求服务员把早餐放在桌上，而不是床上。布拉迪斯拉发学派则认为，这种方法的确可以防止咖啡倒在床单上，但你能保证它就不会洒在睡衣上吗？这东西酒店可不是每天更换的。而且撇开睡衣不说，地狱摩卡壶可能直接打翻在肚皮或生殖器上，造成烫伤，更加划不来。对于这种反驳，弗莱堡派耸耸肩，确实不是办法。

一九八八年

如何使用时间

我打电话给牙医，想跟他预约一下看牙时间，他告诉我未来一周日程都排满了，已经没有任何空档了，我相信他的话。这是个严肃的专业人士。但当有人邀请我去参加研讨会、圆桌会议，去主编论文合辑、写文章或当考官，我说我没时间，结果没人相信我，他们说："得了吧，教授，像您这样的人，总能找到时间的。"很明显，大家都觉得我们这些人文学者不是真正的专业人士，而是些游手好闲的家伙。

我算了一笔账，也想请那些跟我工作性质差不多的人看一下，情况是不是这样。一个非闰年有八千七百六十小时，每天八小时睡觉，一小时起床、洗漱，半小时脱衣服上床、在床头放一杯矿泉水，每天吃饭时间是两小时，这样算起来，四千一百七十小时就没了。每天两个小时在路上，一年是七百三十小时。

每个星期上三次课，每次课两个小时，一个下午要接待学生。大学的工作，在二十周的上课时间里：上课二百二十小时，加上二十四小时的考试时间，十二小时的论文答辩，七十八小时的各种会议。还有，每年至少要读五篇论文，每篇三百五十页，每页至少看两遍。修订前看一遍，修订后看一遍，每页需要的时间是三分钟，这就要花一百七十五个小时。还有考试阶段，学生的小论文很多都是我同事看的，我只负责读四篇，每篇有三十页，每页要用五分钟，加上初步讨论，这就是六十小时。不算做研究的时间，已经花了一千四百六十五小时。

我编辑了一份叫"Versus"的符号学杂志，每年出三期，一共约三百页。还不算阅读后来没有采用的稿件花的时间。每页花十分钟（评估、复审、校对），这又是五十小时。出于个人科研兴趣，我还负责两套丛书的编写，每年要出版六本书，一共一千八百页，每页需要花费十分钟，这就是三百小时。因为还要审核我作品的翻译：论文、书、文章、会议报告，我只检查我会的语言，每年大概有一千五百页，每页需要二十分钟阅读，查看原文，和译者进行讨论，有时候是面对面讨论，有时候通过电话或邮件，这部分工作要花五百个小时。另外还要写东西，抛开写的书，单是论文、研讨会发言稿、报告、讲义，加起来可能有三百页。构思、做笔记、打字、修改，每页至少需要一小时，又是三百小时。写一篇"密涅瓦火柴盒"的专栏文章，要找主题，写提纲，查资料，撰稿，修订到适合的长度，然后邮寄出去，乐观地说需要三小时；每年五十二周，就是一百五十六小时（还不算其他零零散散写的文章）。最后还有回邮件的时间，每个星期有三天，从早上九点到下午一点我都在处理邮件，虽然无法处理完，也要花掉六百二十四小时。

我算了一下，一九八七年我只接受了十分之一的邀请，只参加了和我的学术研究紧密相连的研讨会，提出我自己和同事的研究成果，还参加了一些无法推辞的会面、学校的典礼和国家教育部门的会议，一共有三百七十二小时在参与活动，还不算当中折腾掉的时间。这些活动很多都在国外举行，我在路上花了大约三百二十三小时。从米兰到罗马算四个小时，因为要坐出租车去机场，等飞机，航行，之后再坐出租车去罗马城里，入住宾馆，赶到会场。一趟去纽约的行程需要十二小时。

上面这些时间加起来，我大约已经用了八千零九十四小时。一年有八千七百六十小时，所以现在还剩六百六十六小时。也就是说，每天只有一小时四十九分钟用于做爱，和亲戚朋友聊天，参加葬礼，看病，买东西和看戏。你们也看到了，我没算读书的时间（书、文章和漫画）。这样算吧，用在路上的三百二十三小时，我每五分钟可以看一页，纯粹阅读，简单做笔记。那我可以读三千八百七十六页文字。假如一本书三百页，那我就看了12.92本书。那抽烟的时间呢？每天抽六十根烟，花半分钟去找烟盒、点上然后熄灭，这就是一百八十二小时，根本没有这个时间，所以我要戒烟。

一九八八年

如何坐出租车

一上出租车，你就要面对如何跟出租车司机打交道的问题。出租车司机每天都要在城市的车流中穿行——会导致心脏病或神经衰弱——很容易和其他开车的人发生冲突。长此以往，他肯定神经紧张，痛恨所有人形生物。这就让那些激进时髦派一口咬定，所有出租车司机都是法西斯。这不是事实。其实，一般出租车司机对意识形态问题根本不感兴趣：他们痛恨工会组织的游行，这不是出于政治倾向，而是因为游行会引发塞车。即使是法西斯少年先锋队的游行，他们也非常痛恨。他们只希望有一个强有力的政府，能够控制有私家车的人，实行严格宵禁，让他们在早上六点到夜里十二点之间不要出来。他们也是厌女症患者，但只限于出门乱晃的女性，如果女人安安生生地在家里煮意大利面，那倒可以容忍。

意大利出租车司机通常可以分为三类：第一种全程都在

表达个人观点；第二种整个过程愁眉不展，一言不发，只通过驾驶来发泄自己对人类的仇视；第三种通过讲述他遇到的乘客来缓解压力。都是一些鸡毛蒜皮的事，毫无意义。如果你在酒馆里讲这些故事，老板可能会打发你回家，他会对你说洗洗睡吧。但出租车司机认为这些故事很有意思，耸人听闻。你最好用这样的话来回应："这都是什么人呀？这都是什么事儿呀？真的发生在您身上了？"虽然不能让对方从自说自话中走出来，但会让你自我感觉很善良。

在纽约坐出租车时，意大利人可能会有这样的遭遇，就是在出租车司机铭牌上看到类似德古图涅阿多、埃西波西托或佩尔阔克的姓氏，然后告诉司机你也是意大利人。接着，出租车司机可能会对你说一种你根本没听过的语言，如果你听不懂，他会挺生气的。你要马上说（用英语），你只会说你村子里的方言。于是出租车司机会觉得，如今意大利的官方语言已经是英语了。但通常来说，纽约的出租车司机要么有个犹太人的名字，要么有个非犹太人的名字；前者都是犹太复国主义分子，后者都是反犹太分子。他们不会论证自己的政治观点，他们只要求你表态。如果遇到一个看起来像中东地区或者像俄国人的姓氏，搞不清楚他到底是不是犹太人，那就难办了。这时候，为了避免出现不愉快的情况，你最好借口说自己改主意了，不去第七大道十四街，而是要去查尔顿街。这样司机就会生气，猛踩刹车赶你下车，因为纽约的出租车司机只认数字不认名字。

说到这里,巴黎的出租车司机真是什么地方都不认识,如果你让司机把你带到圣叙尔比斯,他会把你扔在奥德翁剧院,然后说不知道下一步该怎么走。在把你丢下之前,他会先抱怨半天,说你要去的地方太难找了:"啊,这位先生,但是……"假如你建议他看看地图,他要么一声不吭,要么会说,查资料的话,应该去找索邦大学的古籍档案员。那些开出租车的东方人不一样,他们会非常客气地说,别担心,一定会很快找到地方,接着他们在林荫大路上绕三圈,然后把你带到火车东站,但你要去的是火车北站。他们会说,这有什么差别,反正都能坐火车。

在纽约不能通过电话叫出租车,除非你是某个俱乐部的会员。在巴黎倒是可以打电话叫车,但车不一定会来。在斯德哥尔摩正相反,只能通过电话叫车,他们绝对不会信任路上的行人。然而,想知道叫车的电话号码,你就要截停路上的出租车,向司机打听,但正如我所说,他们是不会信任你的。

德国的出租车司机很客气,也很守规矩,他们不说话,只会一个劲儿踩油门。当你下车时,已经吓得脸色苍白,这时你才会明白:为什么他们来意大利休假时以六十公里的时速开在超车道上,就是不让你超车。

如果开保时捷的法兰克福出租车司机和开一辆破大众的里约热内卢司机飙车,最后里约热内卢人会胜出,因为他不等红灯。如果他等红灯的话,就会有另一辆破大众剐蹭到他的车子，里面坐着的小混混会抢走你的手表。

　　但世界各地的出租车司机都有一个共同特点：他们从来没零钱找给你。

一九八八年

如何驳斥辟谣声明

辟谣声明：

尊敬的主编：

在您主编的报纸的一期刊出了署名为阿莱泰奥·真相的文章——《在十五日，我没看见》，关于文中提到的事情，我需要做以下声明。首先，恺撒被刺时，我绝对没在现场。为了证明这一点，我在这封邮件里附上了我的出生证明，我一九四四年三月十五日出生于意大利莫尔费塔，那个不幸事件发生后很多个世纪我才出生，而且我对那天发生的事情一直深恶痛绝。关于我告诉真相先生的我每年三月十五日都会和朋友一起庆祝，他一定是产生了误解。

还有，我对那个叫布鲁图斯的人说的那句话也不是真的："我们在马其顿的腓立比见。"实际上，我根本就不认识所谓的布鲁图斯先生，我昨天才第一次听到这个名字。在真相先生对我做的那次短暂的采访中，我告诉他，我要去找交通局局长腓立比先生，但这句话是谈到交通问题时说的。综上所述，我从来都没说过要策划一场谋杀，找人消灭"叛徒恺撒"，我只是希望交通局局长能解决"恺撒广场"的交通堵塞问题。

谨致诚挚的问候，

您的直言·不讳

阿莱泰奥·真相的回复：

我深信，不讳先生根本无法否认公元前四十四年三月十五日恺撒遭到刺杀的事件。我也深信，不讳先生每年三月十五日都和朋友一起庆祝。我之前发表的文章正是想揭示这种非同寻常的习惯。不讳先生在这个日子开怀畅饮，一定有他个人的原因，不得不承认，这个巧合实在让人很好奇。他一定会记得自己在那次持续很久的深入电话采访中说过的话："我一直都持有这种观点，恺撒的物当归给恺撒①。"这是不讳先生说的最接近真相的话，让我没有理由怀疑：恺撒得到的就是那二十

---

① 参见《圣经·新约·马太福音》（第22章第21节）。

三刀。

我发现，在不讳先生的来信中，他绝口不提是谁刺了恺撒二十三刀。至于有关腓立比的那句话，笔记本就在我面前，他当时说的是："我们在腓立比见。"而不是"我要去找腓立比。"

我自己也可以保证，我亲耳听到了他对恺撒的威胁。笔记都在本子上写着，本子就在我眼皮底下，他清清楚楚地说："我加入……我发誓要除掉……恺撒。"不讳先生一直在给自己找借口，搞文字游戏，就是为了逃避责任，或者诋毁传媒。

一九八八年

如何把电报扔到垃圾箱

以前，早上收到信件，人们会把封着口的拆开，把那些没封口的丢掉。现在，之前发不封口信件的机构开始把信封得死死的，甚至可能会寄快件。你急急忙忙拆开信封，却发现只是一个无关紧要的邀请，而且密封得简直太牢固了，用裁纸刀、钳子、匕首都很难打开。可能以前的普通胶水被淘汰了，他们现在用的是牙医用的速干凝胶。幸运的是，这让我们避免浪费时间看广告，因为信封外就写着一个金灿灿的"免费"。父母从小教育我，如果天上掉馅饼，要快些打电话报警。

但现在情况越来越糟糕了。以前，你会怀着激动的心情，甚至有些忐忑地拆开电报：它要么会告诉你一个非常糟糕的消息，要么通知你在美国的叔叔忽然死了。现在，即使是一些无关紧要的事，人们也会发电报。

电报可以分为三种。一种是命令型的："我们邀请您参加后日举办的论阿斯普罗蒙特山森林羽扇豆种植的重要研讨会，林业部副部长也会莅临，请尽快通过电报告知您的到达时间。"（后面是长达两页纸的缩写和数字，自然找不到那个装模作样的发信人的签名。）还有一种是暗示型的："按照之前的协议，我们邀请您参加半身不遂考拉救助问题研讨会，请尽快回电确认。"自然了，之前的协议是不存在的，或者协议是通过平邮发过来的，还在路上；当那封信收到之后，电报早已经扔掉了，后来者当然是一起进垃圾箱。最后一种是故作神秘型："因为一些众所周知的原因，关于计算机和鳄鱼的研讨会将延期举办，敬请确认新会程日期。"什么日期？什么研讨会？还是扔掉吧。

如今，电报已经随着"次日达快递"的普及而过时，但后者价格很贵，简直能让大富豪德贝内代蒂都脸色发白。这些快递只能用剪铁丝的钳子打开，而且打开之后也不能马上看到内容，还要撕开几道胶条。有时候，人们发这样的快递只是纯粹赶时髦（就像莫斯研究的仪式性消费）；最后，快递里只有一张纸条，上面写着"你好"（你得花好几个钟头才能找到这张纸条，因为信封和垃圾袋一样大，并不是每个人都是海德先生那样的长臂猿）。通常，此类邮件有勒索的意味，里面通常会附带一张回信卡。发快递的人在暗示："为了对你说那些话，我可是花了一大笔钱，我这么快发过来，就是为了传递我的焦灼，你看，回信的钱已经付了，假如你不回复我，那你就是个混蛋。"这种傲慢的行为应该受到惩罚。现在，我只会拆那些自己通过电话叫来的"次日达快递"。其他快递一律丢掉，但这也很烦，因为垃圾箱一下就被塞满了，我怀念信鸽的时代。

通常，这些电报还有快递是通知你得奖的。在这个世界上，有一些奖项和头衔，大家都很高兴得到，比如诺贝尔奖、金羊毛骑士团勋章、嘉德勋章、新年彩票，而其他奖则都是求着你接受的。不管是新款鞋油、延长射精时间的避孕套，还是含硫黄矿泉水，总会设立一个奖项。事实证明找评委简直太容易了，但找到获奖人就难了。很明显，他们也可以把奖颁发给事业刚刚起步的年轻人，但这样一来不会有媒体乐意报道。奖项至少要颁给诺贝尔物理学奖获得者鲁比亚，但假如鲁比亚去领取所有颁发给他的奖项，那他就别做研究了。因此，这些电报在宣布得奖时措辞一般很强硬，让人觉得，如果拒绝的话，将是你的损失："我们很高兴地通知您，在半个小时之后，也就是今天晚上，我们会把'金护裆'奖颁发给您，只有出席才能获得评委会公正的一致选票，否则我们只能遗憾地将这一荣誉颁发给他人。"发这种电报的人就是期望收件人一下子从椅子上跳起来，大喊："不！不！这个奖是我的！"

对了，差点忘了，还有那张从吉隆坡寄来的明信片，落款是"乔瓦尼"，到底是哪个乔瓦尼啊？

一九八八年

如何开始，如何收尾

我的人生中有一个痛点。我高中毕业考后得了都灵大学的奖学金，那几年寄宿生活让我获益匪浅，但也留下了一个后遗症：我一辈子讨厌吃金枪鱼。我记得，那时学校食堂每餐只开放一个半小时，前半个小时来吃饭的学生可以吃到当天的饭菜，其他学生只能吃金枪鱼，而我总是迟到。所以那四年当中，除了假期和周末，我一共吃了一千九百二十顿金枪鱼，但我的痛点不是这个。

当时我没钱，但很渴望看电影、听音乐会和看戏。在看戏的问题上，我找到了一个绝妙的办法，在卡里尼亚诺剧院开演前十分钟赶到戏院，接近那位先生——就是职业观众的头儿（他叫什么名字来着？我现在想不起来了），跟他握握手，偷偷塞一百里拉到他掌心，他会让我们进场。我们是付费的"喝彩者"。

但学校宿舍在晚上十二点一定会关门，过了那个点儿就进不去了，其实留宿校外也没关系，纪律上没规定必须回去。如果学生愿意，一个月不回去也行。但我没有别的地方可去，这就意味着在十二点差十分时要离开剧场，跑回宿舍。但在十二点差十分，戏还没演完呢。就这样，在四年里我看了很多各个时代的著名剧作，都是有头无尾，错过了最后的十分钟。

因此我一辈子都不知道：俄狄浦斯王如何面对那个可怕的真相，那六个寻找作者的剧中人①后来怎么样了，也不知道易卜生《群鬼》里的奥斯瓦德·阿尔温有没有被青霉素治好，哈姆雷特有没有找到生命的意义；我不知道谁才是真正的蓬扎夫人②，苏格拉底到底有没有喝下毒芹，奥赛罗出发去度第二次蜜月之前有没有扇伊阿古耳光，《癔病患者》的主角有没有康复，是不是所有人都和卡门·加纳塔西奥③喝了酒，也不知道约里奥的女儿④后来的下落。我觉得，这个世界上没有人像我一样，被这些不知道结局的故事折磨。后来我认识了保罗·法布里，我们聊起往事，发现彼此有类似的遭遇，只不过情况正好相反。上学时，他在一家城市大学的剧院打工，他是门口查票的。因为总是有很多人迟到，他通常在第二幕结束时才能进入剧场。他看见眼睛瞎了的李尔王抱着考狄利娅的尸体四处乱走，不知所措，却不知道是谁

---

① 意大利剧作家皮兰德娄名作《六个寻找作者的剧中人》中的角色。
② 意大利剧作家皮兰德娄名作《是这样，如果你们以为如此》中的角色。
③ Carmen Giannattasio（1975— ），意大利女高音歌唱家。
④ 意大利作家邓南遮歌剧作品《约里奥的女儿》中的角色。

让他陷入这样的绝境。他听见约里奥的女儿高喊:"火焰是美丽的!"却不知道这样一个有情怀的高贵女子怎么会被烧死。他一直不明白哈姆雷特为什么那么讨厌自己的叔叔,他看起来是个还不错的人。他看到奥赛罗的所作所为,却不明白,面对那样一位娇妻,他为什么要用枕头捂住她。

总之,我和我的朋友保罗互通有无。可以想见,我们会度过精彩的晚年。我们俩会坐在乡间农舍的院子里,或者公园长椅上,用好几年的时间讲述我们知道的事情,一个讲开头,一个讲结尾。每次答案揭晓,我们就会欢喜地惊叫起来:原来是这样!

"真的吗?他是怎么说的?"

"他说:'妈妈,我要太阳!'"

"啊,好吧,那他真是完蛋了。"

"是呀,他到底是怎么回事?"

我会对他耳语几句。

"我的天哪!这是什么家庭啊,现在我明白了……"

"跟我说说俄狄浦斯……"

"没什么好说的。他母亲上吊了,他把自己的眼睛戳瞎了。"

"可怜的孩子!他也真是的。人们用尽一切办法,想告诉他真相,可他就是不明白。"

"就是啊。我也搞不懂,他怎么就不明白呢?"

"设身处地想想,黑死病爆发时,他已经是一位幸福的国王和丈夫……"

"所以,他娶他母亲时,不知道……"

"当然不知道!问题的关键就在这儿。"

"这就是弗洛伊德研究的事儿。就算有人告诉你,你也不会相信。"

这样我们会不会更幸福?还是说,我们会失去那种戏如人生的感觉,当初我们进去时,大事件已经发生,出场时也不知道其他人命运如何?

一九八八年

如何无视时间

我在看一块表的说明书，那是一款百达翡丽 Calibre 89 怀表，有两个 18K 金表盘，还有三十三种复杂的功能。介绍这款表的杂志没有标出价格，可能是因为版面不够，其实问题很好解决，把价格单位改成百万就写得开了。看着这款买不起的表，我很受挫，于是花几百块给自己买了块卡西欧，就好像那些特别喜欢法拉利的人，为了自我安慰，最后去买了一台带广播的闹钟。不过，要想配得上这样一块怀表，我还得再买一件高级马甲。

但我暗自想，我也可以把它放在桌子上，花上好几个小时研究日期、星期、月份、年份、年代、世纪、闰月的周期、夏令时的时刻，还有另一个时区的时间和分秒，还可以研究气温、恒星时、月相、日出和日落的时间、太阳时的时差、太阳在黄道十二宫的位置，更不用说我从中享受的乐趣。我会为完整、动态的星图感到震撼，操作计时表和倒计时，或者利用它的叫醒功能休憩一下。我忘了一件事儿：有一个特别的指针，会告诉我什么时候需要上发条。我还忘了一个功能：如果我愿意，可以看时间，但我干吗要知道时间呢？

手上有了这个宝贝，我才不在乎现在几点几分。我宁愿观察日出和日落，即便是在黑漆漆的房间里也能看到；我会查询气温，会占星，白天，我在蓝色表盘上望着夜晚的群星发梦，而晚上，我用来思考距离复活节还有多久。有了这样的手表，我不用再理会外面流动的时间，我可以一辈子都研究它，按照我对永恒的想象，这块表所指示的时间会变成永恒的时间，或者时间只是这个法器制造的幻象。

我之所以谈到手表，是因为一段时间以来，有些杂志专门介绍名表收藏，都是全彩页铜版纸印刷，售价昂贵。我想，那些买杂志的读者究竟是把它当成有仙女出现的童话书随意翻翻呢，还是当真是潜在的名表购买者？我怀疑第二种可能。这就意味着，虽然机械表这一经过几个世纪的发展产生的奇迹已经被值不了几个钱的电子表取代，但它越是没用就越是被人们迷恋，拿来炫耀，甚至当作投资，当作不可思议的完美时间机器。

很明显，这些钟表生产出来，并不是为了告诉你时间。它有很多复杂的功能，它的指针优美地分布在各个表盘上，想知道现在是五月二十四日、星期五、三点二十分，你要花些时间看好几个指针，把结果记录在笔记本上。另一方面，那些生产电子表的日本人看到这么多功能很是眼红，他们为自己产品的务实深感羞耻，也迎头赶上，在电子表上设置了微型表盘，显示气压、高度、水下深度、倒计时、秒表、温度。自然了，还有所有时区的数据库、八个闹钟、货币转换器，外加整点报时。

所有这些钟表，就像现在的信息产业，提供了太多信息，结果等于什么都没说。它们还有另外一个共同点：除了自己和自己的内在功能，其他什么也不会谈论。有些女士手表把这一点发挥到了极致，上面的指针基本看不见，宝石面板上也没有小时和分钟的刻度，顶多能看出时间在半夜和正午之间，也许是前天的时间。我觉得（钟表设计师或许也是在暗示这一点），戴这种手表的女士，是不是除了显摆，没别的事儿可以做？

一九八八年

如何过海关

前天夜里，我和众多情妇中的一个幽会之后，用金匠切利尼打造的古董盐罐把她杀了。我这么做并不仅仅是因为小时候接受的严格教育让我遵循一系列道德上的规范——其中一点就是，沉湎于肉欲的女人不值得同情——促使我杀人的动机还有一个，感受完美犯罪带来的快感。

我一边等待尸体变冷、血液凝结，一边欣赏着华丽的英国巴洛克水上音乐，接着用电锯肢解尸体，我尽量按照解剖学的基本原理进行切割，内心对人类文明赞叹不已，因为没有它就没有人的优越性和社会契约。最后，我把切好的碎尸放在两只鸭嘴兽皮箱里，穿上一套灰色西装，乘坐卧铺车去了巴黎。

我把护照还有一张真实的海关申报单交给列车员，上面说明我随身带了几十万法郎。然后我倒头就睡，没什么比完成公民义务之后更让人心安理得的了。海关也不会为难一位持头等舱车票的旅客，这是他属于特权阶层的证明，因此没什么值得怀疑的。更棒的是，为了避免毒瘾发作，我还随身带了大量吗啡、将近八九百克的可卡因，以及一幅提香的画。

我不会透露到巴黎后我把那些可怜的尸块丢去了哪里，猜猜看。很简单，到蓬皮杜艺术中心，把箱子随便放在一架扶手电梯上，神不知鬼不觉，等到人们发现，也是几年后的事儿了。还可以把行李放在巴黎里昂车站的行李保管处，打开保险箱的密码非常复杂，导致成千上万的行李都滞留在那儿，没人敢去查这事儿。还有更方便的，把行李放在悦读书店门前，在双叟咖啡馆露天座椅那儿喝杯咖啡，用不了几分钟，行李就会被偷走，剩下的问题就由小偷烦恼吧。但我无法否认，这事让我有些紧张，在完成一项技术复杂而又完美的工程时，难免会有这种感受。

回到意大利，我坐立难安，决定去瑞士小城洛迦诺度几天假，放松一下。一种难以名状的愧疚感让我隐隐担心别人会认出我来，我决定坐二等舱去瑞士，穿着鳄鱼T恤和牛仔裤。

在边境，机警的海关工作人员盯上了我。他们把我的行李翻了个底儿朝天，连内衣也没放过，他们在里面发现了一条MS滤嘴香烟，断定为走私行为。除此之外，他们还发现我护照上的签证已经过期十五天了。最后，他们在我臀部的括约肌里发现了来路不明的五十块瑞士法郎，我也拿不出银行的兑换证明。

他们用一盏一千瓦的灯照着我进行审讯，还用湿毛巾抽打我，最后我被单独关押起来，捆在约束床上。

幸运的是，我心生一计，声称自己是创建P2共济会的元老，出于意识形态的追求，我在高速列车上装了几枚炸弹，因而我应该是政治犯。

他们马上就安排我住进博罗梅埃群岛大饭店附属疗养中心的单人间。那里有一位营养学家建议我节食，让体重恢复理想状态；我的心理医生则马上行动起来，以患上厌食症为由，把我由监禁改为软禁。同时，我写了几封匿名信给当地法庭，巧妙地暗示法官之间写匿名信相互揭发。我还公开抨击特蕾莎修女，指控她跟左派激进分子关系密切。

如果一切顺利，一周之后我就可以回家了。

一九八九年

如何摆脱传真机

传真机真是一项伟大的发明。如果你不知道传真机是怎么回事儿，我可以解释一下：你在传真机上放一封信，然后拨号，在短短几分钟内，对方就会收到你的传真。通过传真，你不仅可以传送信件，还可以发图纸、设计稿、照片，还有在电话里说不清楚的复杂计算。假如这封信是通过传真发往澳大利亚，费用和打一个同等时间的越洋电话一样。从米兰发往萨龙诺，也是同样的道理，花费和电话费差不多。要知道，从米兰打电话到巴黎，在晚间时段，差不多要花一千里拉。像意大利这样的国家，邮政服务一直都很低效，传真能解决很多问题。还有一件人们不知道的事情：买一台传真机放在卧室里，或出差时随身携带，价格也可以接受。花上一百五十到两百万里拉就可以实现。心血来潮买着玩玩当然有些贵，但如果你需要和不同城市的很多人联系，那算是价格低廉了。

不过所有科学技术都遵守一条定律：革命性新发明一旦得到普及，就变得没法用了。科学技术都有民主倾向，会给所有人提供同样的便利，但只有富人用得起时，才行得通。当穷人也开始使用这些科技产品，就会出现问题。以前我们坐火车从一个城市到另一个城市要两个小时，后来汽车出现了，一个小时就能到达。刚开始汽车非常昂贵，但后来当大部分人都买得起汽车了，路上就开始塞车，坐火车反倒更快了。想象一下事情有多荒唐，在汽车时代呼吁大家乘坐公共交通工具：旅客只要接受自己是平民百姓，反倒会比那些有钱有势的人更早到达目的地。

说起来，汽车出现之后，过了几十年才让道路瘫痪。但传真机要更民主一些，它价格没有汽车昂贵，所以不到一年时间就陷入崩溃。就现在来说，通过邮局寄信反倒快一些。实际上，传真机会激发人们交流的欲望。假如你在意大利南部小城莫尔费塔生活，而你的儿子在悉尼，你们之前可能会一个月写一封信，或者一星期打一次电话。有了传真机之后，你会想把刚诞生的小堂妹的照片传真给他，这简直是一种无法抗拒的诱惑。除此之外，这个世界上全是人，人口越来越多，大家都想告诉你一些你根本就不感兴趣的事儿：让你选择一种更好的投资方式；让你选购某个产品；让你寄一张支票给他，好让他开心一下；让你的事业通过一场研讨会达到巅峰。所有这些人一旦发现你有一台传真机——他们能在传真号码簿上找到你的号码——会竞相发来传真，花费少许钱,就能用你不需要的资讯淹没你。

结果是,每天早晨你走到传真机前,发现它一夜之间已经没入各种消息的垃圾堆。当然了,你会看也不看就通通扔掉。但这样一来,要是有个亲戚想告诉你,你从美国的叔叔那里继承到了几千万美金,必须在八点之前赶到公证人那里,会发现传真占线,无法通知到你。假如那个人想联系到你,他应该通过邮局寄信。现在传真已经成为次要的通讯渠道,就好像汽车已经变成了慢速旅行工具,适合那些时间充裕、喜欢在堵车时听莫扎特或萨布丽娜·萨勒诺①的人。

最后,传真机还有一个烦人的地方。以前那些讨厌鬼想骚扰你,他得自己掏腰包:电话费、邮票,就算到你家摁门铃也得掏出租车费。但现在通过传真骚扰你,你还得花钱买传真纸。

我们该如何应对呢?我想过在信纸抬头印一句话,"擅发传真,自动销毁"。但我相信这还不够,我建议把电源拔掉。假如有人要给你发传真,可以先打电话,让你把传真机接上,但这可能会导致电话占线。更好的方案是,假如要传真给你,他们必须事先写信。你可以回信定好时间:"下星期一格林威治时间下午五点零五分二十七秒,你可以发传真给我,届时我会接通传真机,你只有四分三十六秒。"

一九八九年

---

① Sabrina Salerno (1968—),意大利女歌手、模特。

如何面对一张熟悉的面孔

几个月前,我在纽约街头散步,远远看见一张非常熟悉的面孔正向我走来。问题是,我想不起他的名字,也不记得在哪儿见过他。在国外碰到在国内认识的人,或者在国内碰到在国外来往的人,很容易出现这种状况。这会给人一种错位的感觉,让人一时反应不过来。但眼前这张面孔实在太熟悉了,我绝对要停下来跟他打个招呼,聊几句。可能他会马上对我说:"亲爱的翁贝托,你近来如何呀?"说不定他还会问:"你有没有完成你说的那件事啊?"那我就真的不知道怎么办才好了。要假装没看到吗?但已经太晚了,他正看向我这边。的确应该先发制人,打个招呼,可能他一开口说话,我就想起来他到底是谁了。

只有两步远了,我正准备做出一副欢天喜地的样子,向他伸出手,突然我认出了他,他是美国演员安东尼·奎恩。当然了,这是我这辈子第一次见到他本人,他也肯定不认识我。电光石火间,我马上刹住"车",眼睛看向别处,淡定地从他身边走过。

事后,我反思了整个过程,我觉得这太正常了。还有一次,我在餐厅里遇到了演员查尔顿·赫斯顿,我当时特别想跟他打招呼。我想说的是:这些面孔不断出现在荧屏上,充斥在我们的记忆里,成了我们的熟人,就像亲戚朋友,甚至让我们感觉更亲切、更熟悉。就算你是大众传媒业内人士,会讨论媒体产生的真实效果,会分析真实和虚构之间的紊乱,会断言这是无法避免的事儿,但还是难免落入窠臼,甚至更糟。

和一些经常在电视上露脸的人聊天时,他们向我倾诉了心声。这些人上镜频率很高,虽然不像电视节目主持人皮波·包多,或者说毛里齐奥·科斯坦佐,但也都经常在电视上参加访谈节目,是大众熟悉的面孔。他们都提到一些让自己很不舒服的体验。通常,当我们看到一个陌生人,我们不会盯着他的脸看,不会指指点点,也不会和身边的人说三道四,毫不忌讳被当事人听到。这肯定是很不礼貌的行为,超过一定限度简直可以说是一种侵犯。平时,最有教养的人,即使是想让朋友注意酒吧里其他客人戴的新款领带,也不会伸出手去指指点点,但面对公众人物时,他们的行为方式大相径庭。

我的这些名人朋友可以证实这一点。在报刊亭、烟草店,在上火车或者去餐馆的洗手间时,他们会遇到一些人,后者会大声交谈:"你看,这不是那谁吗?""你确定?""千真万确,真的是他。"这些人兴高采烈地高谈阔论,旁若无人,根本不管本尊就在眼前,而且能听见他们的谈话。

这些人之所以当着别人的面说三道四,是因为大众媒体塑造的形象忽然进入了真实的世界,这让他们很错乱。在这些真实出现的人物面前,人们表现得好像他们还存在于虚构之中,存在于屏幕上或者一份杂志的照片中,观众可以随便点评。

这就好像我一把捉住安东尼·奎恩的领子,把他拉到一个电话亭里,然后给朋友打电话说:"真的是太巧了!我遇到了安东尼·奎恩,你知道吗?像真的一样。"说完之后我就把安东尼·奎恩撇在一边,去聊自己的事儿了。

大众媒体先是让我们觉得想象的东西是真实的,现在又让我们认为真实的东西是想象的。电视屏幕给我们展示越多事实,我们每日生活的世界就会越像电影。直到有一天,像有些哲学家希望的那样,我们会觉得自己是这个世界上唯一真实存在的东西,其他都是电影,是上帝或魔鬼展示在我们眼前的幻影。

一九八九年

如何辨别色情电影

我不知道你们有没有看过色情电影。我说的不是那种有几个色情镜头的片子，尽管可能对很多人来说，那种片子已经不堪入目了，比如说《巴黎最后的探戈》。我说的是真正的黄片，它唯一的目的就是刺激观众的性欲，从开始到最后，通过各种形式、各种招数的性交镜头挑拨观众的欲望，其他情节都无关紧要。

很多时候，法官不得不去判断一部电影是纯粹的色情片，还是属于有艺术价值的情色电影。我并不认为作品的艺术价值可以成为挡箭牌，相反的，那些真正有艺术价值的作品更危险，它们会给信仰、风俗和社会舆论带来更大的冲击。而那些没什么价值的作品就做不到这一点。除此之外，我觉得，如果没有其他更好的解决途径，成人也应该有权享用色情产品。但我承认，有时候法院的确需要裁定一部作品是属于纯粹的色情片，还是为了表达自己的观念或美学理念，出现了一些有伤风化的场景。

好吧，是有一些原则可以判断一部电影是否属于色情片，这取决于"无效时间"，也就是没有发生什么事的时间。意大利导演马塞利执导的《红影子》是整个电影史上的一部杰作，除了开始、中间的一些间断还有结尾，情节都发生在一辆驿车上。没有这段旅程，这部电影就没有任何意义。安东尼奥尼的《奇遇》同样完全由"无效时间"组成：人物来来去去，谈话，迷失，又回来，什么都没有发生，但电影就是想展现这一点。不管我们喜不喜欢看，电影的宗旨就是这个。

然而，色情片总是展示性交的场景，这也是人们买色情电影票或碟片的目的：男人跟女人、男人跟男人、女人跟女人、女人跟狗或种马（我注意到，没有男人跟母马或母狗性交的色情片：为什么没有呢？）这也没啥关系，但这些片子总有一些什么都没发生的"无效时间"。

如果一个叫吉尔贝托的男人，为了强奸一个叫吉尔贝塔的女人，必须从米兰的科尔杜索广场开车前往布宜诺斯艾利斯大道，电影会向你展示吉尔贝托开着车子经过一个个红绿灯，来到目的地。

色情片里充斥着这样的情景：主人公坐上车子，行驶好几公里路的车程；一对对情侣浪费久到不可思议的时间在旅馆前台登记住宿；男人花很长时间乘电梯到房间，而女孩在说出她喜欢萨福而不是唐璜之前，总要喝掉各种酒精饮料，还会用手不停地摆弄花边或衬衫。说得粗俗一点，在色情片中，在看到痛痛快快的性爱场面之前，必须忍受一部交通部赞助的宣传片。

原因非常简单，如果电影里除了吉尔贝托强奸吉尔贝塔——从前面、后面和侧面——之外没有别的内容，那也令人无法忍受。对演员来说，体力上撑不住，对制片而言，经济上承担不了。而观众心理上也会无法接受：强奸之所以发生，需要正常的背景烘托。刻画常态，对所有艺术家而言都极其困难，展现变态、犯罪、强奸、酷刑却非常容易。

因此，色情电影必须展现出一种观众心目中的常态，这一点至关重要，因为只有这样，后面的打破常规才会让人产生兴趣。所以，如果吉尔贝托必须搭乘公交车从A点前往B点，观众会如实地看见吉尔贝托坐上公交车，从A点来到B点。

这种拖延通常会让人很不耐烦，因为他们希望整部影片都是那些不可描述的场景。然而，这只是他们的感觉，其实他们根本就承受不了一个半小时全是那种镜头。因此，"无效时间"是必需的。

我再重申一遍，当你们进入电影院看电影，如果角色从A点到B点花费的时间超出你愿意接受的长度，那么你看的就是色情电影。

一九八九年

如何吃冰激凌

我小时候，大人买给孩子的冰激凌有两种：一种是两个小钱的甜筒，另一种是四个小钱的夹心雪糕。卖冰激凌的小贩推着白色手推车，上面有一个银色盖子。两个小钱的甜筒很小，小孩子一只手就能握住，小贩用一种特制的勺子把冰激凌从容器里挖出来，扣在脆皮上。奶奶总是叫我只吃脆皮的上半部分，把下面的尖头扔掉，因为小贩用手碰过了，不过那是最好吃的部分，又香又脆，我总是假装扔了，其实会偷偷吃掉。

四个小钱的雪糕是机器特制的，外面包着一层银色的纸，两片甜饼干中间夹着一块圆柱形的雪糕。你要把舌头探到饼干中间，舔食雪糕，到最后实在舔不到了，就可以和饼干一起吃掉，这时候化开的雪糕已经把饼干泡软了，尤其美味。吃这种雪糕时，奶奶没有什么建议：理论上，它们只接触过机器；实际上，小贩把它递给我们时，自然也还是用手拿着,只不过没法断定哪个部分受到了污染。

有些小朋友真让我眼红,父母给他们买的不是四个小钱的雪糕,而是两个甜筒。这些小孩得意洋洋,一手举着一个甜筒,灵活地转动脑袋,左边舔一口,右边舔一口。在我眼中,那真是太气派了,有很多次,我央求父母让我也体验一下招摇过市的感觉。但没什么用,我的父母坚定不移:四个小钱的雪糕可以买,但花同样的钱买两个甜筒,免谈!

大家也看到了,无论从数学、经济学还是营养学角度,都无法解释父母拒绝我的原因。卫生更不是理由,按理说,两个甜筒尖都会被扔掉。还有一个很勉强的解释就是:小孩子手上拿着两个甜筒,眼睛一会儿看这个,一会儿看那个,容易被石头或路上的坑绊倒,也可能看不到脚下的台阶。我隐约觉得,父母这样做肯定有他们的道理,可能是出于教育的目的,不过那时的我还不明白而已。

现在,我已经成为消费主义的牺牲品,三十年代可不像现在这样鼓励奢侈浪费,我明白了,我已经过世的双亲是对的。花四个小钱买两个甜筒而不是一个雪糕,从经济角度看并不是浪费,从象征角度看却是一种奢侈。正是因为这个缘故,我才会想要两个甜筒——这看起来很气派。也正是因为这个缘故,我才被拒绝了:这看起来很不得体,很粗俗,对穷人是一种羞辱,是虚张声势的炫富。同时吃两个冰激凌的孩子是被宠坏的孩子,就是在童话故事里会受到惩罚的孩子,就像不愿意吃梨皮和梨核的匹诺曹。那些从小纵容这种暴发户做派的父母，会让长大后的孩子变成傻子，上演"我想要，但我买不起"的可悲戏剧。比如说，现在这些人会背着从里米尼海滩小贩手里买的冒牌古驰包，挤在经济舱的人群里办登机。

在这个消费主义盛行的世界里，我父母的教育方法可能会显得格格不入。现在连成年人也要被宠坏了，消费主义总是给他们更多东西，比如说买一盒洗衣粉会附送一块廉价手表；买份杂志也可能会获得一串小项链。就像从前那些让我嫉妒的孩子，父母给他们买两个冰激凌，消费主义则假装给我们更多，但实际上，四个小钱的东西，也就值那个价。你把之前的小收音器扔掉，买一台可以自动倒带的新收音机，但因为某种无法解释的结构性缺陷，新收音机只能用一年。的确，新的经济型汽车配有真皮座椅，两侧的后视镜可以在车里调节，还有木质仪表盘，但它没有以前的菲亚特500那么皮实，以前的车子即便是抛锚了，踢一脚仍可以往前跑。

从前的道德标准要求我们成为艰苦奋斗的斯巴达人，如今的社会风气却让我们变成骄奢淫逸的锡巴里斯[①]人。

一九八九年

[①] Sybaris，意大利南部古城，曾因为富饶与奢靡而闻名。

如何摆脱"千真万确"

日常的意大利语中涌入了很多刻板表达，我们要进行卓绝的斗争才能摆脱。在这些刻板、懒惰的表达方式中，有一个就是"千真万确"。正如大家所知，所有人在表达赞同时，都会说"千真万确"。这是电视竞答节目掀起的风潮，每当要肯定一个正确答案，主持人就会像美国人那样，用很夸张的语气说："千真万确。"其实这个词本来也没什么错，但在说这句话时，人们总是模仿电视上的语气，明显是从电视上学来的。这样说"千真万确"就像在客厅里摆一套买洗衣粉送的百科全书一样不伦不类。

对于那些想摆脱"千真万确"的人，我下面会列举一些问题和回答，通常这些问题的回答都是"千真万确"，但完全可以换一种说话，我把另一种表达方式放在括号里，大家可以参考一下。

拿破仑是一八二一年五月五日去世的。（很棒！）请问，这是不是加里波第广场？（是的。）喂，您好，请问您是马里奥·罗斯先生吗？（请问您是谁？）喂，您好，我是马里奥·比安奇，请问您是马里奥·罗斯吗？（是我，请讲。）那么，我还应该给您一万里拉？（是的，一万里拉。）医生是怎么说的，是艾滋病吗？（的确是艾滋病，我很难过。）您打电话给《见证者》节目，是不是想告诉我们您见到了一个失踪的人？（您是怎么猜到的？）警察局：您是罗斯先生吗？（卡拉，公文包！）这样说来，你不穿内裤啊！（你终于发现了！）您要一百亿里拉的赎金？（如果没有这些钱，我怎么买得起车载电话？）如果我没理解错的话，你签了一张一百亿里拉的空头支票，用我的名字做担保？（我很欣赏你的聪慧。）登机门已经关上了？！（您看到天空中的那个黑点了吗？）您说我是一个流氓！（您明白我的意思。）

  总之，您是在建议我们永远都不要说"千真万确"？
  千真万确。

一九九〇年

如何提防遗孀

亲爱的作家,无论你是男是女,你可能根本就不在意子孙后代会如何,但我认为此事不可疏忽。任何一个人,即使是在十六岁时写了一首关于风吹过树林的诗歌,或者记了一辈子流水账,就算只写过"今天我去看牙医",都希望后人能视若珍宝。即便真的有作家渴望被人们遗忘,如今的出版社总是会全力挖掘出那些被遗忘的小作家,尽管有时候这些作家一行字都没有写过。

要知道,后人是来者不拒的。为了能写出点儿什么,逮住什么是什么,前人写的东西更是拿来就用。因此作为作家,你可要当心后代如何使用你留下的文字。自然了,最理想的是在有生之年只留下那些你决定要出版的作品,把其他东西定时销毁,哪怕是一部作品的三校稿。但即便如此,你还是会留下一些笔记,因为死亡经常来得很突然。

在这种情况下，身后最大的风险就是生前的笔记被爆料，让人觉得你简直就是个十足的白痴。如果每个人都回过头去读读自己前一天晚上记在本子上的东西，就会发觉风险太大了，因为任何文字脱离背景都显得很傻。

假如没有笔记，第二大风险是在你死后像一阵风一样掀起关于你作品的研讨会。每个作家都希望有人写学术论文、毕业论文、作品的评注版来纪念自己，但这是很花时间和精力的事儿。死后马上举办研讨会，可能会产生这样的结果：这会让一堆朋友、评论家和渴望成名的年轻人匆匆忙忙写下评论文章，大家都知道，这种情况下只能炒剩饭，把之前人家说的再说一遍。就这样，过上一阵子读者可能会对作家本人失去兴趣，觉得他不过尔尔。

第三大风险是私人信件公布于众。作家也是凡人，写的信和凡夫俗子没什么两样，除非他像大诗人福斯科洛①一样，通过书信来写小说。作家可能在信中会留下这样的句子："给我寄一些治便秘的药。"或者："我疯狂地爱着你，感谢你降临人间，我的天使！"自然了，后人去查看这些资料也很正常，他们会得出结论，大作家也是人啊！那还能怎么样，难道他会是一只火烈鸟吗？

如何避免这些身后的事故？对于那些写作时记的笔记，我建议你们藏在一个别人想不到的地方，同时在抽屉里放一

---

① Ugo Foscolo（1778—1827），意大利作家、诗人、文艺评论家，著有书信体小说《雅科波·奥尔蒂斯的最后书简》。

份类似于寻宝图的文件，说明存在这些笔记，但要用一种别人无法破解的语言记录文件的具体位置。这会产生双重效果，一则隐藏了手稿，二则会催生很多学术论文来讨论这张地图的谜底。

针对研讨会，可以在遗嘱中写清楚，为了全人类的福祉，在你死后十年内举办的研讨会必须捐赠两百亿里拉给联合国儿童基金会。搞那么多钱绝非易事，但要违背你的遗嘱，那也得脸皮够厚才行。

情书的问题比较棘手。还没来得及写的情书，建议用电脑完成，好让那帮笔迹学家无从下手，签名时要用昵称（"你的小猫咪、小狗子、小兔兔等等"），每换一个情人就换一个称呼，到时要都算到你头上也很难。情书可以写得热情如火，但建议留下些让收件人觉得尴尬的细节（比如说"我也爱你的臭屁连天"），这样对方可能就此放弃公布的念头。

但那些已经写好的信，尤其是青少年时期写的，就无法挽回了。最好的补救办法是找到收信人，再写封信给他们，心平气和地追忆往昔的难忘岁月，再三强调那段记忆不会褪色，即使你死后，也会经常探望故人，重温旧梦。这一招不见得管用，但再怎么说，鬼魂可是鬼魂啊，那人公布了你的信，也会睡不安生。

你还可以写一本假日记，在里面要暗示你的朋友们有弄虚作假的爱好："真是一个爱说谎的女人，我可爱的阿德莱德！"或者："今天瓜尔提耶罗给我看了一封佩索阿的书信，那是一封伪造的信，但差点儿让我信以为真！"

一九九〇年

如何避免谈论足球

我对足球没什么偏见。我不去球场，就跟我不去米兰火车站地下通道过夜，或者晚上六点后不会在纽约中央公园散步的理由一样。但如果有机会，我也会兴致勃勃地在电视上看一场精彩的足球比赛，我承认，这种高贵的运动挺值得欣赏。总之，我不讨厌足球，但我讨厌球迷！

我不希望造成什么误解。我对球迷的感情和伦巴第联盟对第三世界移民的情感一样："要是他们都待在自己家里，我也不是种族主义者。"我说的"家"，其实就是球迷通常聚集的地方：酒吧、自己家、俱乐部和体育场，他们在这些地方做什么我都不在乎。假如利物浦球迷来了，我还能在报纸上看看热闹，因为从流的血来看，简直是还原古代斗兽场了。

我不喜欢球迷，因为他们有一个奇怪的特点。他们会这样说：我不明白为什么你不是球迷。他们坚持认为你应该也是球迷。我可以举例说明我想表达的意思。我的爱好是吹竖笛，虽然吹得越来越糟糕了，卢恰诺·贝里奥①就是这么公开评价的，但被大师悉心指导也是一种非凡的享受。我们假定，我现在坐在一辆火车上，我和坐在对面的先生搭讪，问他："您听弗兰斯·布鲁根②最新出的唱片了吗？"

"您说什么？"

"我说的是《泪的帕凡舞曲》，我觉得刚开始节奏太慢了。"

"对不起，我不明白。"

"我是说凡·艾克，您不知道吗？巴-洛-克-竖-笛。"

"您看，我真不懂……是用弓拉的吗？"

"啊，我明白了，原来您不知道……"

"我是不知道。"

"真有意思。但您知道吗？定做一根手工 Coolsma 竖笛，需要等三年的时间。所以 Moeck 的黑檀木笛子更好些，可以说是市面上最好的。塞韦里诺·加泽罗尼③也这么跟我说。听我说，您有没有听到第五变奏。"

"老实说，我到帕尔玛就下车了。"

"哦！我明白了！您喜欢 F 大调，我就知道您不喜欢 C 大调。不过 F 大调在某种情况下是蛮让人愉快的。告诉您

---

① Luciano Berio（1925—2003），意大利作曲家。
② Frans Bruggen（1934—2014），荷兰长笛演奏家。
③ Severino Gazzelloni（1919—1992），意大利长笛演奏家。

吧，最近我发现了一首罗埃莱特的奏鸣曲……"

"罗埃什么，这谁啊？"

"我真希望他能演奏一下泰勒曼幻想曲。他应该可以吧？您用的该不会是德国指法吧？"

"您看，德国人有宝马，我觉得很不错，最近他们……"

"我明白了，您用的是巴洛克指法，这很对。您看，圣马丁室内乐团那帮人……"

就是这个聊法，不知道我说明白了没有：假如这时候，我不幸的旅伴忽然拉响了警铃，你们一定会赞同他的做法。面对球迷就是这么个情况，要是碰上的是个开出租车的球迷，那就更惨了。

"您看到维亚利了吗？"

"没有，可能我当时错过了。"

"那您今天晚上会看球赛吗？"

"不看，我要研究《形而上学》第六卷，您知道吧，就是亚里士多德写的。"

"好吧，您看了之后再跟我说，我觉得范巴斯滕就是年轻的马拉多纳，您觉得呢？但我还是会关注哈吉。"

他就这样一边开车一边说，就好像对牛弹琴。他并不是看不出我不感兴趣。问题在于，他无法理解为什么会有人对足球一点都不感兴趣。就算我长着三只眼睛，脖子绿色的鳞片上伸出两根触角，他也不会明白：我和他不同。在这个大千世界，他没有差异感，他不知道人跟人是不一样的。

我举的是一个出租车司机的例子，但同样的情况可能也会发生在某个集团总裁身上。就好像溃疡，穷人会得，富人也会得。但让人不可思议的是：这些球迷一方面坚定地认为全世界的人都一样，都应该热爱足球，另一方面又随时准备打破邻省球迷的头，这种极端沙文主义真让我赞叹不已。就好像伦巴第联盟的人说："让那些非洲人来吧，看我们怎么暴揍他们。"

一九九〇年

如何解释私人藏书

从小时候开始，因为我姓氏"埃科"的意思是"回声"，大家都喜欢用这两句话和我开玩笑："你是不是别人说啥都会回应啊？"或者"你是不是山谷来的啊？"整个童年我都觉得自己总是莫名其妙遇到一些笨蛋。后来长大了，我不得不相信，所有人都无法避开两个定律：一下子想到的东西总是最显而易见的，但他们不会觉得自己一下子想到的东西别人之前也想过。

我收集了一些评论文章的标题，包括印欧语系的各种语言，都是和我相关的，很多在拿我的名字做文章，比如说《埃科的回音》或者《一本产生回音的书》。此外，我怀疑这也不是编辑一下子想到的，可能整个团队一起开会，讨论了二十多个标题，最后主编灵光一闪，说："伙计们，我想到一个极好的标题！"他的几个下属会齐声说："头儿，您真是个天才，您是怎么想到的？""神来之笔。"他可能会这样回答。

我举这个例子，并不想说人们很平庸，没有创造力，把显而易见的东西当作灵感迸发、前所未有的发明。这同样展示出一种精神的敏锐，对无法预见的生活的热情，对思想——无论多么微不足道——的敬慕。我总是会想到我第一次和伟大的欧文·戈夫曼见面的情形：我喜欢他的才气，崇拜他的深度和洞察力，他能入木三分地刻画社会行为的微妙之处，揭示迄今为止还没人谈论过的一些行为特点。当时我们俩坐在一家露天咖啡馆里，过了一会儿，他看着大街上的人对我说："你知道吗？我觉得城市里的汽车太多了。"可能他从来都没想过这个问题，他脑子里全是其他更重要的东西，忽然灵感一现，说出了这样一句话。我呢，当时深受尼采的《不合时宜的沉思》的影响，是个势利鬼，尽管我也这么想，但从没说出口。

还有一种庸俗的震撼，很多跟我一样拥有数量可观的藏书的人都会遇到。进到我家里，一眼就能看到书架，因为家里除了书也没有别的了。于是客人一进门就会说："好多书啊！您都读过吗？"刚开始，我觉得这是一些不怎么接触书籍的人说的，他们只习惯于看到摆着五本侦探小说、一套儿童版百科全书的书架。但后来我发现，这样的话，一些我确信很有文化的人也会说出来。可以说，这些人对书架的看法和我不一样，他们觉得，书架是放看过的书的地方，而不是用于工作的资料库。我觉得，面对这么多书，任何人都会充满求知欲，所以难免会提出这个问题，这表达了他们的焦灼和懊悔。

问题是，当有人拿我的名字开涮时，我顶多一笑了之，客气的话还可以说句："好有趣！"但关于书的问题是需要回答的，尽管这时你面部肌肉僵硬，冷汗沿着脊椎骨流下来。我有一次用轻蔑的语气回答了这个问题："这些书我都没看过，要不然把它们摆在这里干什么？"但这个回答很危险，会引发一系列自然的反应："那你看过的书都放哪儿呢？"罗伯托·雷迪的回答要好一些："先生，我看过的书比这多多了，简直放不下。"这会让提问的人呆若木鸡，对你肃然起敬。但我觉得这个回答太残忍了，也会让人不安。于是我换了一种说法："这是我下个月之内要看的，其他书我都放在学校。"这个回答一方面暗示你阅读量极大，另一方面会让来客提前告辞。

一九九九年

如何避免使用手机

想开那些手机用户的玩笑容易得很。首先，你要分析一下他属于下面五种人的哪种。第一种是残障人士，即便有些人外表看不出来，但他们不得不随时和医生或急救中心联系；科技给他们带来了便利，真让人欣慰。第二种是因为职业缘故在紧急情况下需要马上联系到的人，比如说消防队队长、医生和等待新鲜脏器的器官移植专家，或者老布什，因为如果联系不到他，世界可能会落到奎尔①手里；对于这些人来说，手机简直是一种负担，并不能带来什么乐趣。第三种是偷情的人，有史以来第一次，他们终于可以直接和情人联系，不会被家人、秘书或别有居心的同事偷听到电话；只要他和她（或者她和她、他和他：我想不出其他组合了）知道彼此的号码就可以。

上面提到的三类人应该受到尊敬：前两种人，即使我们在餐馆吃饭时或在参加葬礼时被打搅到，也不会觉得不妥；

那些偷情的人更不用说,他们通常是十分小心的,不会打扰任何人。

  下面的两种人就有风险了,不仅仅对他们自己有风险,我们也会受到威胁。第一种刚刚和亲朋好友分开,就迫不及待想和他们聊一些鸡毛蒜皮的事儿。很难让这种人明白不该这样做:他们没办法摆脱与人交流的冲动,没办法享受独处的时光,也无法享受当下,无法在亲密接触之外,品味距离的美。假如他们硬要展示内心的虚空,而且把这个当成自己的标签和特征,那好吧,这已经是心理医生要解决的问题了。这些人让我们很烦恼,但应该理解他们内心可怕的贫瘠,应该感谢上帝,我们和他们不一样,因而要学会原谅。不应该为自己有别于他们而窃喜,因为这只能暴露我们的傲慢和缺乏同情心。应该理解邻人的苦恼,要把这当成自己的苦恼,如果他们吵到了你的左耳,请向他们伸出右耳。

  还有另一种人,属于比较低的社会阶层,他们会买假手机。他们想在公众场合展示自己的忙碌、有很多人找他们,尤其是谈论一些生意上的事务:这类谈话我们在机场、餐馆或火车上,经常会被迫听到,通话内容通常涉及付款转账,金属原材料没有运到,催促一批领结的打款,还有其他诸如此类的事,拿着手机的人总会摆出一副洛克菲勒的派头。

---

① James Dan Quayle (1947—),美国第四十四任副总统,当时的总统为第四十一任总统老布什。

现在的社会阶层划分机制很残酷，那些暴发户即使赚了很多钱，身上还是带着无产者的古老烙印，他们不会用吃鱼的刀叉，在法拉利后窗挂一只小猴子玩偶，在私人飞机驾驶台上放圣克里斯托弗的画像，或者说话时夹杂几个蹩脚的英文词。所以他们永远也无法成为盖尔芒特公爵夫人的座上宾，他们思来想去也不知道为什么，自己可是有大游艇的人哪，长得简直可以把两边的海岸线连起来。

这些人不知道，洛克菲勒不需要手机，他有非常能干的秘书，即使他外公要死了，也会有司机过来，在他耳边汇报。真正有权力的人是不用每通电话都接的，相反会有人帮他婉拒。即使对于比较基层的管理者，成功的两个标志就是私人洗手间的钥匙和替你回话的秘书，她会说："主管现在不在。"

因此，把手机当成权力的象征拿出来炫耀会适得其反，这简直是在向所有人宣布：自己是个没指望的打杂的，谁都得罪不起，一听到电话马上就要立正站好，即使是正在做爱，也不能错过总经理的来电。他们为了生存，要日日夜夜地追踪债权人，甚至在女儿的第一次圣礼上也会因为一张空头支票被银行追债。但这些人打着手机，总像在炫耀，证明他们根本就不懂这一点，也让他们注定无法进入上流社会。

一九九一年

如何在美国坐火车

一个人即使是患有溃疡、疥癣、膝关节炎、网球肘、带状疱疹、艾滋病、急性肺结核或麻风病，都不影响他搭乘飞机，但得了感冒就不行。有过这方面经验的人都知道，当飞机忽然从一万米的高空下降时，你会觉得耳朵特别痛，而且头痛欲裂，你将用拳头猛敲窗户，高喊着要出去，没降落伞也无所谓。这些后果我都知道，但我准备了一罐药效很强的鼻腔喷雾，决定顶着感冒前往纽约，结果很悲惨。当我降落到地面时，觉得自己好像身处菲律宾战壕，只看见人家张嘴，却什么都听不到。后来医生通过手语告诉我，我得了耳膜炎。他给我开了一大堆抗生素，且发出严厉警告：二十天之内严禁搭乘飞机。可我要去美国东海岸的三个不同城市，只有改搭火车了。

核战争之后的世界会成为什么样子，看看美国的铁路就知道了。火车不是不走，而是无法到达目的地，经常半路抛锚，晚点六小时以上，旅客被迫在庞大、寒冷而空旷的火车站下车。这些火车站连一家小吃店也没有，到处盘踞着鬼鬼祟祟的人，让人想到《人猿星球》里的纽约地铁。从纽约到华盛顿的火车上，经常有新闻记者和参议员，头等车厢里还勉强能提供商务舱水平的服务，有一盘子达到大学食堂水平、热乎乎的食物。可其他线路的普通车厢就一言难尽了，到处都很脏，仿皮坐垫破旧不堪，火车上提供的饮食让人不由得怀念（你们可能要说我夸张了）从米兰到罗马的快车上提供的过期食品。

我们在电影里看到，豪华列车的卧铺车厢里会发生令人发指的血案，美丽动人的白种女人喝着由黑人侍者端上的香槟，后者训练有素，仿佛是从电影《飘》里走出来的，可这一切都是假的。

实际上，美国火车上的黑人都像是从《僵尸之夜》里出来的，白人列车员跌跌撞撞、一脸愤恨地走在过道上，时不时被可乐罐、无人看管的行李，还有沾了金枪鱼酱的报纸绊住——饥饿过度的乘客迫不及待地打开微波炉热过的三明治塑料包装时，里面的酱料难免喷溅出来，再说，微波会严重危及遗传基因。

在美国，火车不是一种选择，而是对无视韦伯关于新教伦理和资本主义精神的学说，犯下保持贫穷错误的惩罚。但自由党人最后的通关密码就是政治正确（言语不应该让人感受到差别对待）。因此，列车查票员即使是面对处境糟糕的大胡子流浪汉（当然，我们应该称之为"不定期刮胡子的人")也是彬彬有礼。宾夕法尼亚车站就有很多这样的"非乘客",他们老是盯着别人的行李不放。但由于洛杉矶警察的暴力丑闻仍未平息,纽约要摆出政治正确的做派。爱尔兰裔警察走到一个貌似流浪汉的人面前,微笑着问他到此地做什么。那人便立刻提出人权抗议,警察只好顾左右而言他,说今天天气真好,最后晃荡着长长的警棍走开了。

除此之外,穷人中总有一些人的行为让他们无法摆脱自己的边缘地位:吸烟。如果你进入一节吸烟车厢,就会发现自己忽然进入了布莱希特的《三毛钱歌剧》。唯一打着领带的人是我,其他都是抽搐的畸形人、张嘴打呼的流浪汉或昏迷的僵尸。因为吸烟车厢总是在列车最后一节,所以这群边缘人士会迈着杰瑞·刘易斯的步伐,在月台上走一百多米。

终于躲过了地狱般的铁路,幸好身上的衣服还没被弄脏,我赶到"教职员俱乐部"包厢里吃晚饭,周围是衣冠楚楚、谈吐文雅的大学教授,最后我问,在哪里可以吸烟?一阵沉默和尴尬的微笑之后,有人把门关上了,一位女士从包里拿出香烟,其他人则从我的烟盒里拿了烟。我们交换同谋者的眼神,就像看脱衣舞时在黑暗中发出的克制的嬉笑声。这是十分钟让人愉快的时光,大家带着打破常规的兴奋。而我是地狱之王,从黑暗王国里来,用罪恶的火把照亮他们。

一九九一年

如何选择高收入的工作

有些职位急需人才，待遇很好，不过要求也高。

例如在市区安装高速公路的指示牌。这种指示牌通常既可以疏散市中心的交通，也可以减少高速公路的车流量。若是按照这些指示牌前进，结果只会开到郊外工业区最危险的小路上，最后精疲力竭，不知所措。所以要把指示牌全都摆对地方，让人能找到路，绝非易事。比如路况复杂的交叉路口，驾驶员一不小心就会迷路，只有白痴才会把指示牌设在这种地点。事实上，指示牌必须布置在路径清晰、驾驶员凭直觉就能找对方向的地方，在那里放上一个指示牌，比较容易将他引入歧途。想把这份工作做好，应征者对城市规划、心理学以及博弈理论都要有一定的了解。

还有一种工作需要大量人手去做，就是撰写家用电器和电子设备说明书。这些说明书一般印在外包装上，主要目的是指导用户安装设备。写这些说明书的人参考的模板并不是电脑附送的使用手册，因为这种手册很详尽，对于生产商来说成本太高。最好的模板是药品说明书，好处就是它们有看起来很科学的名称，同时可以揭示产品的作用，有时会让购买者处境尴尬：前列腺宁、更年期安、泻立停，等等。在这些说明书背面，还有一句简洁的话，把性命攸关的责任推卸得一干二净："没有任何副作用，特殊情况可能产生致命反应。"

至于家用电器或类似产品的说明书，通常会长篇大论地说一些显而易见的事情，让人想跳过不读，结果反而漏掉唯一重要的部分：

安装PZ40时，必须拆开包装，从箱中取出产品。必须打开箱子，才能取出PZ40。开箱方法为：把箱子上方的两片盖子朝相反方向掀开。开箱过程中，请千万注意，箱子须保持直立，箱盖面向上，否则PZ40会掉出，受到损伤。需掀开的盖子上印有"此面向上"字样。若一次无法打开箱盖，建议您再试一次，在箱盖打开后，取出铝制内盖前最好先撕掉红色胶带，否则箱子会爆炸。注意：PZ40产品取出后，箱子即可丢弃。

还有一份不错的工作，就是撰写调查问卷，通常都是夏季刊登在政治文化周刊上。"在一杯英国盐水和一杯陈年干邑之间，您会选择什么？您想和一个八十多岁、患有麻风病的老妪度假，还是和法国女演员伊莎贝尔·阿佳妮同游？您愿意身上撒满凶猛的大红蚂蚁，还是想跟影星奥内拉·穆蒂共度良宵？假如您总是选择前者，那么您性情外向，充满创意，但有些性冷淡。假如您总是选择后者，那您真是个好色之徒！"

在某份日报的保健栏目里，我看到了一个关于日光浴的问卷，每道题都有ABC三个选项。A选项当真是妙：假如您的皮肤在太阳下暴晒，它会变得多红？A：很红。您晒伤的频率有多高？A：我每次晒太阳都会晒伤。晒伤的部位在四十八小时之后的状况是：A：依然很红。结论：如果大部分问题的回答是A，那么您的皮肤很敏感，经常晒伤。这让我也想编写一份问卷：您可曾从窗子掉下去过？您掉下去时，可曾多处骨折？每次从高处摔下，是否有医生证明您将终身残疾？如果每题都回答"是"，要么您是个蠢货，要么就是您耳内的"迷路"出了问题。如果下回那个爱开玩笑的家伙在楼下喊您，叫您赶快下来，千万不要把头伸出窗户。

一九九一年

如何使用省略号

在《如何辨别色情电影》一文中，我讲了怎么区分纯色情片和带有情色镜头的普通电影，只需要确认一点：开车从A点到B点所需的时间是不是已经超出了观众的期待和剧情需要。区分作家和业余作者（当然，后者也可能很出名），也有同样简单的标准，就是他们在句子中使用省略号的方法。

一般来说，作家只会在句末使用省略号，表示话没说完，比方说："关于这个主题，还有很多问题值得商榷，但是……"有时候，他们也会在句中或者句子之间使用省略号，表示这个句子并不完整："科莫湖的那一支……呃，几乎像忽然间变窄了。"而业余作者用省略号，是为了让读者原谅他过于夸张的修辞："他怒不可遏，就像……一头公牛。"

作家同样试图突破文字的限制，即使用了一个非常大胆的比喻，他也会承担责任："看自然的神奇：将我用日光淋湿，用河水晒干。"我们都承认这个句子太夸张了，带有巴洛克风格，但作家并不掩饰什么。而业余作者会这样写："淋湿……用日光，晒干……用河水"，就好像在说"我当然是开玩笑"。

作家通常都是为其他作家写作，而业余作者则是为邻居或村里的邮递员写作，他担心（通常他的担心都毫无道理）这些读者看不懂他在写什么，或者说无法原谅他的大胆。他使用省略号，权当它是通行证：他想搞革命，但也想获得宪兵的许可。

下面我举一些例子，来说明这些省略号有多糟糕。假如我们的前辈也同样羞怯，在文字中间加了这些省略号，那意大利文学会沦落成什么样子：

"我知道，这片土地，三十年来都属于……圣贝内托修道院。[①]"

"我要赞美主，为了……月亮和星星姐妹。"

"如同密林……鸟儿在绿叶之中。"

"假如我是……火，我会点燃整个世界。"

"在我人生……的中途。"

"最神圣、至亲和……最温柔的父，就是温和的受膏者……耶稣。"

[①] 这是以意大利语出现的第一份文件，一个农民在法院的证词。

"金色的发髻……如熔金……珍珠，那日我见伊人。"

"且说这位齐波拉神父，个头很小，红头发，满面春光，他是这人世最大的……恶人。"

另外还有很多例子，甚至于"那年……他在垂死之际，极安静"，还有"我，在那个冬季，却遭受莫名的……怒火"。

那些大作家若是这么写，真是丢脸，但我们也只能认了。

我们注意到，这样插入省略号，表达了对大胆修辞的担忧，同时也让人怀疑那些字面的表达只不过是一种修辞。我们另举一个例子，比如说，一八四八年发表的《共产党宣言》，大家都知道，开始的一句是："一个幽灵在欧洲徘徊。"我们必须承认，这是一个很精彩的开头。假如马克思与恩格斯当时写的是："一个……幽灵在欧洲徘徊。"很简单，他们想说共产主义并没有那么可怕，也没有那么不可思议，说不定俄国革命会提前五十年发生，可能沙皇会欣然接受，没准马志尼也会参加。

假如他们写的是"一个幽灵在……欧洲徘徊"，难免让我们猜测，这个幽灵有点忐忑，它到底在哪儿？或者说，既然是幽灵，那它应该会忽然出现，忽然消失，怎么会浪费时间徘徊呢？但事情并没有到此结束，假如他们当时写的是"一个幽灵正在欧洲……徘徊"，这是否说明，他们实际上夸大其词了，幽灵充其量是在马克思家乡特里尔附近转悠，其他地方的人都不用担心？或他们暗示的是，共产主义的幽灵已经进入美洲，甚至澳洲？

"生还是……死，这是一个问题"，"生还是死，这是……一个问题"，"生……还是死，这是一个问题……"你看，在生死之间加入这些省略号，会让莎士比亚研究者大有文章可做。

"意大利是一个建立在劳动基础上（啊！）的……民主共和国。"

"意大利，我们说，是一个……建立在劳动基础上的民主共和国。"

"意大利是一个民主共和国……建立在（???）劳动基础上。"

"意大利（假如存在）……是一个建立在劳动基础上的民主共和国。"

意大利是建立在省略号基础上的民主共和国。

一九九一年

如何变得受人欢迎

戴尔·卡耐基写了一本很有名的书，出版也有些年头了，翻译成意大利语是《获得朋友的艺术》，后来也被译作《如何对待他人，并获得朋友》（邦皮亚尼出版社，二〇〇一年）。实际上，这本书最初的标题是《如何赢得朋友，影响别人》[1]，这个标题让人更清楚这本书的宗旨和思想：重点不是交到朋友，尽管友谊会让人生更丰富，让我们快乐；而是要征服别人，让他们把我们当作朋友，这样我们就可以影响他们，从而我们（不是他们）会获得成功。

总之，这本书真正的主题不是友谊，而是成功。从书中关于作家霍尔·凯恩的轶事就可以发现，他后来成为名人，是因为年轻时获得了但丁·加百利·罗塞蒂的友谊。假如他没有成功结识罗塞蒂，很可能会"死于贫穷与孤独"。

仔细读读那些关于微笑的章节，当中讲的是如何赞美别人，还有各种让别人舒服自在、兴高采烈的法子。这样一来，这些人会提携你，你则会达到自己的目的。这种事并不少见，有些人每一步都有贵人相助。

为了赢得别人的欢心，让他们成为你的朋友，需要了解人们真正渴望的东西，比如说，人们渴望得到赞美。这本书会教给我们很多东西，其中相当重要的一点是：人类行为的根本动机并不是性欲，而是感到自己很重要。卡耐基说，促使狄更斯写作和迪林格[2]作恶的动机是一样的，他们都希望能上报纸。尽管他承认，两个人达到目的的"手段"并不一样（但是，这些都是哲学上的细微差别，和成功的动机没有关系）。

几天前的晚上，我在收看《遗产》节目时想到了卡耐基。这是阿玛迪斯主持的竞答节目，我之所以看它是想验证"早发性老年痴呆"症状有没有出现在我身上。主持人提出一个问题，意大利人最在乎的东西是什么，至少最近公布的调查里是怎么说的。结果发现（尽管有些参与者试图提到爱、金钱、家庭幸福或其他答案），其实大家更热衷的是知名度，希望别人认识自己，承认自己。

需要注意的一点是，他们追求的并不是名望，这个概念本身附带的义务是：为了公众利益做出一些高贵的行为。那些被采访到的人（颇具代表性，可以想象，这代表了整个国

---

[1] *How to win friends and influence people*，中文通译《人性的弱点》。
[2] John Herbert Dilinger（1903—1934），大萧条时期活跃于美国中西部的银行抢匪和黑帮成员。

家的价值观），他们并不是期望成为发现抗癌疫苗的人、牺牲生命拯救其他人的大英雄、大诗人、雕刻家、军队首领、航海家、神秘主义者或慈善家。很明显，他们只希望在路上、在药店里、在公车上或在超市中被别人认出来。就像史努比的好朋友查理·布朗一样，他们无法忍受自己默默无闻。

具体来说，他们希望自己（这话并不带任何讽刺、鄙视或恶意）成为《遗产》节目的参与者，当然了，所有参与者都希望能赢一大笔钱（因为撇开知名度不说，金钱也是让人渴望的东西），但最后他们仍会面带微笑接受失败。因为他们的终极目的是出现在电视屏幕上，从电视里向亲戚朋友还有同事打招呼，第二天回到家时，他们会备受瞩目，从默默无闻中脱颖而出，成为"知名人士"。

为了出名做一些出格的事，在我看来很疯狂。比如说，古希腊的黑若斯达特斯为了出名，点燃了以弗所的狄安娜庙宇，就像迪林格拿着机枪扫射，或者有些人在电视上讲述自己的悲惨遭遇，说自己如何被戴了绿帽子，被抛弃、羞辱和捉弄。我不是想从伦理角度上纲上线；确实这些人为了出名参与竞答节目，或者作为观众出现在访谈节目里，这样一来，第二天至少办公室里的同事，或者街角报刊亭的老板，会说在观众席第三排看到了他们并表示祝贺。但让我们实话实说吧：通过这种方式获得曝光，总好过写糟糕的诗来折磨身边的人。

问题在于电视节目知道人们期望的是什么，为了获得观众，用卡耐基的话说就是为了获得朋友，几十个电台日日夜夜提供着各种各样露脸的机会。计算一下节目的数量，每个节目里出现的人数，还有在很多年里，这个节目播出的天数和每期的时长，会得出一个非常可怕的结论：每个意大利人都有一次成名的机会，而在一个拥有六千万名人的国家里，每个名人都只是个无名小卒。

二〇〇五年

如何从路人甲变成名人

上个星期五,《共和国报》在博洛尼亚举办了一场座谈会,斯特凡诺·巴尔泰扎吉和我的对谈碰巧提到了名声的概念。从前,人的名声只能分为好名声和恶名声,如果一个人不想落得恶名,只能通过自杀或名誉谋杀来雪耻(因为你可能破产了,也可能被戴了绿帽子)。自然了,大家都希望有个好名声。

但很长时间以来,"名声"这个概念已经被"知名度"取代了。最重要的是曝光率,当然了,最保险的办法是出现在电视上。你并不需要成为诺奖得主丽塔·列维·蒙塔尔奇尼或者经济学家马利奥·蒙蒂那样的人,你只需要在一个特别煽情的电视节目里讲讲遭到配偶背叛的事儿。

第一个勇敢吃螃蟹的人就是那个跑到被采访者身后、摇晃小手的白痴。这让他在第二天晚上去酒吧时被人认出来("你知道吗,我在电视上看到你了?")当然了,这种光环只能保持一个早上。因此，大家逐渐接受了一种观念，为了长久地露脸，就要做一些出格的事，因为恶名总是能远扬。并不是人们不喜欢好名声，但好名声总是要经过一番辛苦，完成一桩了不起的事，得不了诺贝尔奖，起码也应该得个斯特雷加文学奖，或者奉献一生为麻风病人奔波，这些都不是轻而易举的事儿。更简单的做法是变成一个有意思的人，如果还能变态一些就更好了，要么为了钱和名人上床，要么偷东西被起诉。我不是开玩笑，看看敲诈犯和街头混混儿在电视上得意洋洋的面孔就知道了，那是逮捕时拍摄的：为了几分钟上电视的时间，坐牢也值得，甚至比当庭释放更好，这就是被告人微笑的原因。以前假如有人被手铐铐走，那他这辈子就完蛋了，但这已经是几十年前的老黄历了。

总之，原则是这样："假如圣母会现身，那我为什么不能现身？"自己不是处女这件事情，倒可以睁一只眼闭一只眼。

这就是上个星期五大家讨论的事，罗伯托·埃斯波西托第二天在《共和国报》上发表了一篇很长的文章《遗失的脸皮》，在加布里埃拉·图尔纳杜里的《羞耻，一种情感的变形》和马克·贝尔波里迪的《无耻》中也有分析。总之，羞耻感的遗失——不要脸成为现代社会的习俗——得到了广泛的讨论。

现在，这种对露脸的狂热（不择手段地出名，尽管在过去的观念里，有些名声并不光彩）产生于羞耻感的遗失，或者说，人们失去了羞耻感，是因为最重要的事情是露脸，即便丢人也在所不惜？我倾向于第二种理论：万众瞩目，成为别人的谈资，这非常重要，为了达到这个目的，人们会随时丢开以前称之为"面子"的东西（或者说对私隐的维护）。埃斯波西托写到，在火车上高声讲电话也是缺乏羞耻感的体现，这会让别人听到自己的私事，以前这些事情都是小声说的。而这些人并非意识不到别人能听见自己的谈话（那就是没教养了），而是下意识地希望别人能听见自己的谈话，尽管谈论的都是些无关紧要的事情。是呀，并不是所有人都像哈姆雷特或安娜·卡列尼娜一样，有惊天动地的私生活，因此，要让人听出来你在坐台或者是老赖，这才有意思。

我之前不知道在哪里读到的，有一个教会运动提出要公开忏悔。是呀，只对着一个人的耳朵说自己的丑事，那有什么劲儿？

二〇一二年

如何惩罚散布垃圾邮件的人

迈克菲公司的一项调查表明,通过电子邮箱发送垃圾邮件会造成极大的能源浪费,所有报纸都在谈论此事。每封邮件会产生 0.3 克的二氧化碳,相当于一辆汽车在路上行驶一米路程的排放量。目前在外面散布的垃圾邮件,每年大概会消耗三百三十亿千瓦的能量,这就相当于三百万辆汽车或两百五十万人口的耗能,会产生一百七十亿吨二氧化碳,加剧温室效应。我不谈论其他技术问题,只集中在垃圾邮件的问题上,垃圾邮件不仅很烦人,而且通常会窃取我们的信息,影响我们的健康。

现在看来,好像世界上没有任何权威机关能减少垃圾邮件的传播。我们中有些人使用的过滤软件,起到的作用也很有限,还是有很多垃圾邮件乘虚而入,打开这些邮件,手工删除它们,这是能源浪费最主要的原因。

收到垃圾邮件让人恼火,你却不知道怎么解决这个问题。在没有更好办法的情况下，你会特别想报复。于是，我想到了一个办法——自然，我期望行家里手能做出回应，告诉我这个办法不可行或有害。那么我会乖乖把垃圾邮件删除，因为我的本意只是发泄不满。

我们可以把发垃圾邮件的人分成两类：工业化讨厌鬼，还有人工讨厌鬼。我想象得出，那些工业化讨厌鬼有很多方法来对付我的抗议，但竟然还有成千上万的人工讨厌鬼，比如用蹩脚的意大利语告诉你，你赢取了某个奖项，现在需要你的个人信息，或者某个马来西亚人说他获得了一笔巨额遗产，但因为某种原因，他没法去领取，建议和你五五分，自然了，你要给他汇一笔款作为保证金，等等。

那些人工讨厌鬼可能连宽带都没有，我不知道你有没有遇到过这种情况，一些笨蛋通过邮箱给你发一本六百页的书，里面还有彩图，如果这时候你恰好不在家，用的是Alice或Fastweb上网，于是在宾馆的房间或者乡下的农舍里下载这样一个巨大的垃圾，电脑会卡一个小时。

这让我想到，对于那些讨厌鬼，我们完全可以回复一本耶路撒冷版的《圣经》。你可以在这个网址上找到：http://www.liberliber.it//online/autori/autori-bbobbia/la-sacra-bibbia/，那是一个长达1 226页，11 574 KB的文件。假如你花两秒钟把文件调整成两倍行距，字体放大成20，那就成了6 556页，14 000 KB。这可是一个大附件，如果有宽带，你可以用几分钟发出去，让电脑在晚上干这事儿，但接收邮件的人没宽带，那他就麻烦了。如果并不是我一个人这么做，有一百来人这么回复垃圾邮件，那么制造垃圾的讨厌鬼的电脑就会卡住。

我知道，这么做只能让网络垃圾更加泛滥。但如果出现了让人意外的结果，也就是说，在几个星期之内，这些回复让一些讨厌鬼弃恶从善，和后来节省的能量相比，耗费要少得多。总的来说，这是伸张正义的行为，获得的快乐更是无法用数字来计算。

自然了，不用费太大力气就能做得更好，亚里士多德的《修辞学和诗学》，一五五一年的影印版，PDF格式，一共37 000 KB，和《神学大全》的双语版本大小差不多。伯顿的《忧郁症的解剖》PDF格式大约是32 000 KB，欧仁·苏的《巴黎的秘密》的法语版PDF格式大约76 871 KB，几乎是《圣经》的六倍。假如电脑性能良好，你可以让它在夜间工作，把我说的这些书一起发过去。

总之，即使是一个有组织的诈骗集团，看到成千上万的《圣经》和《巴黎的秘密》涌向自己，也可能会另做打算。除此之外，我还测试了一下，把一份《圣经》发给自己，我在收件箱里没找到，我发现过滤系统自动将它丢进了垃圾箱，但我相信，卸载这些邮件花的时间同样也会折腾一下收件人。

二〇〇九年

如何利用网络记忆

前一段时间，我在《快报》专栏上写了一封信，是写给未来的小孙子的。我在信中鼓励他要运用自己的记忆，而不是遇到什么问题都去上网查询。当然了，网络已经成为一个必不可少的资源库。结果立刻跳出一个网络"塔利班组织"，我不记得在哪个博客里，他们说我是网络的敌人（又是老一套）。就好像你批评在高速路上以一百八十公里的时速飙车，指责酒驾，却有人站出来说你是一个反对汽车的人，让你别开汽车了。与之相反，在上一期的《快报》中，欧金尼奥·斯卡尔法里——他提到我前一期的专栏文章，我在文章里写到那些参加《遗产》节目的可怜虫——这些人永远活在现在，对于他们来说，希特勒和墨索里尼好像生活在一九六〇、七〇或八〇年代——（温柔地）从另一个方面指责我态度过于极端，他说在查找资料时，不能全靠网络。

斯卡尔法里分析说，正是网上人工记忆造成的"扁平化"，让新一代人得了健忘症。他同样分析说，对于网络的应用让我们觉得自己和所有事、所有人都有接触，但实际上这会让我们陷入孤单。这是我们这个时代的两种疾病。我很赞同斯卡尔法里的说法，我自己也写了很多相关的东西。斯卡尔法里引用柏拉图《斐德罗篇》中的一个段落，法老谴责埃及的透特神，因为他发明了文字，却使人类因此失去了利用记忆力的好习惯。但最后的结果是，文字让人们记住他们读过的东西，正是因为文字的缘故，才会出现像《追忆似水年华》这种记忆的赞歌。这就好像说，大家可以好好使用网络，同时也要好好锻炼记忆力，甚至可以试着记忆出现在网络上的东西。

问题在于，我们无法彻底抛弃网络，就像从前我们无法回避机械化、汽车和电视。网络已经存在了，即使是专制也无法将它抹去，因此人们现在不仅要看到网络的风险（很明显），还要学会适应它（更要教育好年轻人），用一种批判的方式使用它。

试想，一位好老师要学生就某一主题做个研究，他知道无法阻止他们不费吹灰之力地上网去找一些现成的东西。于是老师可以让学生在网上找十个关于那个主题的研究，然后对照他们找到的结果，指出这些网站的共同和不同之处，分析哪个网站比较可靠，还需要去查阅一些书籍（尽管可能只是翻一下词典）。这样一来，学生一方面从网上找到了他们需要的信息——不让他们上网查资料也很蠢——另一方面也开动脑筋进行了思考，他们会建立关于这个主题的个人记忆。除此之外，老师会发现，让学生对照找到的结果会使他们获得面对面交流的乐趣，从而避免了孤独。

现在难免会存在一些过分依赖网络的人，他们已经无法摆脱孤独地面对屏幕的处境，自己也沉迷于其中。假如家长和老师都无法让他们从这个地狱循环中走出来，那就要把他们与那些瘾君子、种族主义者、自慰狂、神秘主义者和算命先生的拥趸放在一起。对于这些边缘和退化的生活方式，每个社会在每个时代都要严肃面对。

如果说现在这些"病人"数量众多，那是因为五十年来，我们这个地球的人口从二十亿增长到了七十亿。这并不是网络带来的孤独造成的，而是人类过于频繁的接触造成的。

二〇一四年

如何避免落入阴谋

几个星期前,在意大利最大的几份报纸上,刊登了这样一条消息,巴黎郊外的许多年轻学生被一位老师洗脑了。他告诉学生,这个世界是由秘密组织——光明会——控制的。仔细看看这则消息的来源,你会发现,来源只有一处:一个法国记者实在找不到什么事情可以报道,于是去调查了一个女学生。因为后者在网上搜寻各种关于世界性阴谋还有秘密组织筹谋全球命运的消息。

现在,我说的不只是那些读书的人(此类书籍在图书馆里叫以找到各种语言写就的成百上千本),还有那些网上冲浪的人,他们都很清楚,多得是关于全球阴谋、世界的真正主宰者、阴暗势力的网站。从十八世纪的"光照派",到"波尔德伯格俱乐部""三边委员会""达沃斯",最后无法避免会提到"锡安长老会纪要",犹太人的魔爪已经伸向我们的家园,就像十九世纪末期法兰西第三共和国的反犹太周刊上描绘的那样。

这都是陈年旧事了,丹·布朗从这些浩瀚的文学作品(百分之九十都是重复的垃圾文学)中汲取营养,写出了他的畅销书;我也研究了一些材料,在一九八八年写出了那本不怎么畅销的《傅科摆》。那时候我还没有网络,而是去了几家神秘主义书店挖掘出一些宝藏。

说起来,现在网络上充斥着各种全球阴谋的论调,有人还真相信这些东西,简直不可理喻。尤其是在这个各种民粹主义沉渣泛起的时代,那些想激起普通人想象的作者总是会提到各种问题的根源,尽管我们并不知道谁是这一切的根源。但最让人无法理解的是,一些严肃的报纸,面对那个法国记者为了混口饭吃做的采访,竟还是陷入了众人皆知的泥潭。

出现这种情况也有报纸的责任,它们为了把版面填满就滥竽充数,净报道些无关紧要的事情,既然没有人咬狗的新闻,那就写狗咬人吧。好吧,这种事情经常发生,让人觉得意外的是,读者不但接受这些"伪新闻",还读得津津有味。这在我的熟人身上得到了证实,他们会说:"看看吧,这都是些什么事儿啊?"

关于网络,我们可以做出让人忧虑的论断:在互联网这个巨大的海洋里,人们可以讲述所有事情,如果愿意的话,甚至可以找到汉谟拉比姑姑的传记、七年战争[①]士兵的军

[①] 英国-普鲁士联盟与法国-奥地利盟之间的战争,持续时间长达七年(1756—1763)。

服、拿破仑的血型，或者大卫的石头甩出之后歌利亚嘴里还剩下几颗牙齿，知道一切（或者说可以知道一切）这就等同于遗忘（或者说可以遗忘）一切。

因此，一个三流的记者只要随便在什么网站上找些众所周知的事件，就可以大做文章，标题定为："一个惊人的历史发现"。他可以炒冷饭，有些消息已经被淡忘了，因此可以任意翻新，不用担心读者抗议。

现在完全可以大写特写两页报道，标题为："剑桥大学教授的重大发现：恺撒大帝真的是在三月十五日被杀的！"这样的稿子可能还会受到主编的表扬："小伙子，你在哪里挖到的消息，这可是个爆炸性新闻呀！"

好好想想，这倒不失为一个温习的好办法：我们在初中学习过的历史，在高中难道还不是又学了一遍？只需要说明这是一则评论，而不是最新消息即可。

二〇一四年

如何铭记恋童癖

可能你们都还记得那些恋童癖。几年前，大家忽然间都开始谈论这个问题，好像每个街角都潜伏着一个恋童癖。人人都把孩子看得很紧，有些国家还搞了一些市民游行。那些喜欢小孩的人，以前他们在超市或火车过道里遇到小孩挡住去路，会很亲切地摸摸他的头，小心绕过。现在他们都很谨慎，为了不让别人怀疑自己是恋童癖，他们会用脚踢开他，动作和目光中都流露出对没到参军年龄的人类幼崽的痛恨。

所有人都知道恋童癖古已有之，我们从小就受过这些教育，不能接受陌生人的糖果，那些举止端庄的姑娘，从青春期开始就知道不能去陌生先生家里参观他们的中国瓷器收藏。尽管如此，我们还是觉得恋童癖好像忽然间就冒出来了，到处都是。原因在于从前的恋童癖会偷偷摸摸，而现在则在网上完全暴露出来，就好像要向所有人宣告他们的存在。这样看来,恋童癖不仅仅是一帮行为龌龊的人,而且还很白痴,因为他们是唯一相信网上性爱是私事、可以躲过大家耳目的人。

后来忽然间,我们好像再也听不到恋童癖的消息了。试着打开报纸看看,这些年已经没有类似的新闻了:公园里再也没有形迹可疑的男人满面笑容地靠近某个小孩,也没有丧心病狂的叔叔对侄子动手动脚。听不到这些消息了,是不是从前那些恋童癖都转型为恋老癖了?

暂时忘记那些恋童癖。最近两个月,我们没时间考虑他们,因为我们都忙着把矿泉水瓶子倒过来,检查有没有小孔漏水。我们甚至去嗅洗衣粉和漂白粉的味道,就是为了及时发现送到嘴边的矿泉水味道不对劲儿。麻烦透顶,因为恋童癖搅扰的只是幼童的父母,而给矿泉水下毒的人会搅扰到所有人,包括单身汉和没有家庭的百岁老人。

然而,你们可能又发现,很快市面上也没有有毒的矿泉水了。大概是因为马上要过节了,大家都在等待圣彼得广场上的炸弹,或者发给普罗迪的爆炸性《欢乐》①。这除了是一桩让人痛恨的犯罪,也损害了邓南遮那本精彩的小说,现在谁还敢去二手书摊子上买一本《欢乐》啊?总之,现在报纸上已经不再谈论那些被人下了毒的矿泉水,要么

---

① 2003年圣诞节前后,意大利前总理普罗迪收到了一个包裹,里面是邓南遮的《欢乐》,普罗迪亲手打开这个包裹,接着发生了爆炸,幸好没有人员受伤。

是犯罪分子已经悔改，要么是他们厌倦了这种游戏，或者说公安机关加强了防卫，我不知道，但的确现在大家可以放心饮用矿泉水了。报纸上不说这事儿，那就是已经过去了。

我不想夸大我的乐观主义，但就连"非典"这样可怕的瘟疫也消失了。或者说，几天前好像又出现了一例，但只是特例。"非典"是瘟疫，要大规模传播才算是，那些零零星星出现在人群中的病例不能算是瘟疫。

话说到这里，细心的读者可能会列举其他事例，大家也会想起很多类似的例子。那些原本以为像瘟疫一样的现象，其实持续时间很短——可能第二天早上就没人提了——顶多被讨论上一个季度。这时候，人们忍不住怀疑，为了写满几页报纸，或者做几分钟电视或广播报道，让读者或听众满意，大众媒体会夸大一些事件。他们这样做，当然会引起别人的模仿，看到消息的人可能会想：真是个不错的主意，明天我也要用糖果哄骗一个不认识的小孩，或者往矿泉水里注射洗衣液，妙极了！但一段时间之后，那些疯子都腻歪了；报纸和电视也发现，总是报道同样的事情便没人关注了。就这样，事情过去了。

人们注意到，矿泉水事件发生之后，除了真有些疯子会那么做，大部分时间都是大众心理在作祟，很多人杯弓蛇影，有人可能只是喝了有瓶盖儿味儿的红酒就跑去洗胃。但是那些恋童癖真实存在，就像之前一样，他们也会继续存在下去，他们会让人们觉得事情已经过去，让人们放松警惕。世上的事就是这样，我们还是老毛病，总是喊着狼来了，当狼真的来了，已经没人相信了，于是总有人被吃掉。

二〇〇四年

如何好好过日子，躲过狂欢节

当我写这篇文章时，可怕的狂欢节已经接近尾声。这段时间我尽量闭门不出，但还是无法避免在电视上看到那些狂欢节面具，从维亚雷焦到威尼斯，人们都在尽情狂欢。我在街上看到有些女孩打扮成十八世纪仕女的模样，脸颊上点一颗美人痣，还有那些扮成佐罗、笨手笨脚的男孩，嘴唇上用烟灰画了胡子，这一切简直激发了我的"恐童症"和"大希律王[①]情结"。但这些小孩的哥哥们也没有好到哪里去，他们有的扮成猫头鹰博士，有的是花花公子卡萨诺瓦，更不用说那些装扮成流浪汉的，身上套着各种纸板和用塑料袋做的外套，看着闹心。

我真的痛恨狂欢节，其中的原因可能会让心理学家感兴趣：对人体的各种乔装都让我觉得不适，意大利变装皇后普拉提内德自不必提，就连那些穿着西装的职业表演家染头发，我也受不了，我受不了浓妆艳抹的女士，更别说穿了孔、上面装饰着金属环和小珍珠的身体，还有巴布亚风格的文身，让我重新评估起龙勃罗梭[2]的观点。不要用"那你怎么留胡子啊"这种蠢问题来反驳我，因为胡子是身体的一部分，就像头发和胸一样，假如有谁伪装自己，也是那些不留胡子的人。这又一次证明了：大部分人的观点并不一定是对的。

但我对当代狂欢节的排斥还有其他更深层的原因。古代狂欢节的功能是什么，我们都知道。关于狂欢节有很多文学作品，能写的已经都写了。先不用考虑古希腊和古罗马类似于狂欢节的庆典，单单想一下中世纪的基督教狂欢节是怎么诞生的。为了搞清楚这个问题，我们不能从权贵的角度，而是要从贫苦人民的角度出发。这些人缺衣少食，他们日出而作，日落而息，整天都在工作，没有时间玩乐。唯一的消遣就是性，但是一个好基督教徒一年中只有一半日子可以同房，比如说四旬斋，还有其他很多宗教节日，都不建议有性事。唯一的消遣是星期天去教堂里听一场弥撒，但这也只有那些居住在大教堂或教区教堂旁边的人可以享受到，乡下小教堂承受不起此类开支。

人们在暗地里可以为所欲为，这是很自然的事儿，但在

---

[1]《圣经》中以追杀幼年耶稣而闻名的暴君，曾下令将伯利恒及其周围境内两岁以下的婴孩都杀死。
[2] 切萨雷·龙勃罗梭（Cesare Lombroso，1835—1909），意大利犯罪学家、精神病学家，刑事人类学派的创始人。他重视对罪犯的生理解剖的研究，从犯罪人和精神病人的颅相、体格等生理特征判断犯罪的倾向。

正式场合我们不能太关注身体，很多神秘主义者和神学家对身体都戒备森严。

一年过半、酷暑消退之后，开始感觉到秋天的寒风凛冽。这时候，大家可以享受一下狂欢节的自由和欢快，可以胡作非为，尤其是必须要享乐，不需要工作，纯粹为享乐而享乐，不用考虑悲惨生活的各种忧愁。这是不可或缺的宣泄渠道，狂欢节也因此受到人们的推崇和欢迎。等节日过完，大家都要收心了，重新开始又一年的辛苦和劳作。狂欢节是社会机制的重要部分。

但现在呢？世界上很多地方，不是都在说生活狂欢化吗？现在，即便是最贫穷的农民（除了睡在长椅上的流浪汉），难道不是一天二十四小时都可以在电视上享受到狂欢节吗？无论如何，每天日落之后，他们都可以玩游戏、跳舞和听音乐。现在我们在家里的电视上，或者经过报刊亭，也能看到妙曼的女人和英俊的男人，他们都在向我们发出享乐的信号，暗示我们要过奢华的生活，当然了，他们的身体都经过了精心的改造。从前的狂欢节，就像凯旋之后的庆祝和古罗马的农神节，一年中唯独这一天平民可以取笑权贵，但现在都是些自我狂欢，在电视节目上，人们像很多奥古斯都皇帝和白脸小丑在扇自己的耳光。

一年三百六十五天，天天都是狂欢节，那欢庆还有什么意义呢？假如狂欢节的功能是反权贵，颠覆当权者和奴仆的关系，每个人都可以复仇……如今大家在搞什么啊，可悲地走在湿漉漉、滑溜溜的路上,在街边小摊上买些卫生没保证的甜食,其实毫无特色可言,一年四季在随便什么超市都可以买到。我们只能盼着四旬斋的到来。不要担心,转眼就到了。

二〇〇五年

如何在媒体的纷乱中生存

上个星期《共和国报·星期五》杂志上，米凯莱·塞拉遇到了一个难题，他要回应一封读者来信，这位读者告诉他（我用我的话概括一下）：电视和报纸上说，意大利人现在充满了仇恨和敌意，但我和邻居还有同事聊天时觉得他们都是很平和的人，一点儿也不反社会；在脱口秀节目上，大家是有些横行霸道，但在日常生活中，除了偶尔不礼貌的行为，我感觉大家说话时都彬彬有礼，假如冒犯到别人，也会说对不起。我在报纸上读到，种族主义势力抬头，但在现实中，我看到人们会拿 欧元给那些卖玫瑰的黑人，而不是朝他们开枪。媒体是不是在抹黑我们？不仅如此，媒体是不是在引导我们，鼓励我们表现得更糟糕一些？

塞拉的回答很睿智，我抄录在这里：您说得对，但我们现在想象一个没电视和报纸的世界，我们没有任何消息来源，难道这是一个更好的世界吗？因此我们要尽量带着批判精神，对大众媒体传播的东西有所选择地接受，我们要学会在纷乱中生存。

但是，电视和报纸到底怎么了，怎么会丑化我们生活的世界呢？事实是，自从报纸产生以来，一直如此：假如你想找到抨击报业的例子，可以去看看莫泊桑的《漂亮朋友》，你会发现现今媒体的毛病根深蒂固、由来已久。我们爷爷辈、父亲辈的报纸上充斥着各种凶杀案件，有时报道和调查会持续几个月，甚至几年，和二十世纪三十年代的"布鲁内里-卡内拉失忆症事件"相比，这些年加尔拉斯科和科涅两地的凶杀谜团，简直只是流星飞逝而已。如今新闻在数量上突飞猛进，但质量并没有提升，但我们知道，当量变达到一定的限度，会发生质变。

二十世纪五六十年代的电视节目——"政治论坛"，的确可以称得上公民教育的模版，这个节目之所以能取得成功，是因为每星期只播一期，而且只有一个电视台播。现在，有七个电视台每天播这类对话节目，你就看吧，只能大喊大叫，否则根本没人能听到你说什么。我记得我有个朋友要搞一个类似的节目，我给他出了一个绝妙的主意，我让他在口袋里准备一个遥控器，假如有谁打断别人，那就切断他的声音，他会像个傻瓜一样上演哑剧。这样一来，可能大家都不抢着说话了。这位朋友先是热情地对我表示感谢，但他后来的做法和别人一样：可能有人告诉他，假如大家没有这种争先恐后表达自己的劲头儿，听众会很快厌烦，马上换台。

现在，新闻数量激增带来的麻烦越来越多了：如果说以前报纸只有四页（我说的是战争年代），现在报纸大多有六十页，并不是因为这个世界上发生了更多事情，相反，客观来说，一九四三年到一九四五年间，从种族灭绝到核武器，发生的事情远远比现在多。为了填满那六十页版面，除了刊登让报纸生存下去的广告，记者还要夸大其词，不仅要在报纸的头版头条上说些令人发指的事儿，在第二版和第三版也要继续说，在一天中通过十个记者的角度谈论同一事件，最好让人觉得发生了十起事件。为什么要用广告填满六十页报纸？为了撑足六十页。为什么非要做六十页那么多？为了有更多的广告。

就像你们所看到的，我们在数量上无法优化，便牺牲了质量。塞拉说：我们要学会用批判的眼光看待问题，要学会辨别好坏，这就要求学校加强阅读教育。

但现在的问题是（可能是信息太多的结果）年轻人已经不看报纸了，看报成了退休人士的消遣。日报已经战胜了周刊，还有日报的周刊化（这是因为晚间电视已经抢先播报了日报上的最新消息），一方面让周刊陷入危机，另一方面让日报变得无法卒读，年轻人都去上网了。并不是网络上没有信息泛滥的问题，但至少让人觉得是自己在选择想要看的内容，虽然这并不是事实，而且我们在网上会看到更多虚假消息。

因此，真是一团糟，假如有人让我提出一些明智的建议，我的智慧可能让我告诉大家：没辙。

二〇一〇年

如何体面地不断尝试

黑洞到底是什么，很多读者都不知道。坦白说吧，我也只能把它想象成《黄色潜水艇》的微光，会吞没它周围的一切，最后吞没自己。但想弄明白带给我灵感的新闻报道说的是什么，并不需要了解更多，只需要知道：这是当代天体物理学一个让人着迷又充满矛盾的问题。现在，我在报纸上读到，著名科学家斯蒂芬·霍金（可能大部分人知道他并不是因为他的科学发现，而是因为他虽然身患重病，几乎成了植物人，但还是凭借坚强的意志工作了一辈子）发布了一则轰动性声明。他认为自己在二十世纪六十年代提出的黑洞理论是个错误，他准备参加一个科学论坛，对从前的设想进行修订。

对于从事科学研究的人，这个态度并没有什么特别之处，除了霍金是闻名于世的科学家。但我觉得，这个事件应该引起所有不推崇原教旨主义和宗教信仰的年轻人的注意，他们可以借此反思现代科学的基本原则是什么。

大众媒体通常都会谴责科学，认为科学应该背负让人类走向毁灭的罪责，然而他们在问责时，往往混淆了科学与技术的差别。科学并不是核武器、臭氧层空洞、冰山融化和其他灾难的原因；事实上，科学承担着警告人类所面临的风险的责任，科学可能会运用自己的原则，对我们提出告诫，而我们却完全信赖不负责任的技术。在大众媒体审判科学的过程中，我们通常会看到和听到对进步意识形态（或者说启蒙精神）的批判，人们把科学精神等同于十九世纪的理想主义哲学，这些哲学思想提出：历史总是向前发展，会越来越好，实现辉煌的自我，所谓精神或其他推动力，总是让人实现更好的生活。从根本上说，有多少人（至少是我这一代人）读到哲学的理想主义时会充满怀疑，按照这些理论，那些后来出现的思想家总是会更精通（或者说更能证明）前人少得可怜的发现（这就好像说亚里士多德比柏拉图要聪明）。莱奥帕尔迪反对这种历史观，他讽刺地说这是"进步的神奇命运"。

相反，在我们这个时代，为了替换已经陷入危机的意识形态，总是会向所谓的传统思想献媚。按照这种逻辑，在历史的长河中，我们并不是越来越靠近真理，而是距离真理越来越远：所有人都应该明白的道理古代文明早已明了，但现在那些文明已经消失了。我们只有保持谦卑的态度，挖掘恒久不变的传统宝藏，才能与自己和解，与我们的命运和解。

在传统思想最神秘的版本中,真理是那些已经消失的文明所培育的,被海洋吞没的亚特兰蒂斯,生活在气候宜人的极北之地、血统纯粹的雅利安人,消失的印度智者,还有其他无法言说的美妙境界——让那些哲人和小报作家一次又一次调配出晦涩难懂的垃圾,供消夏和躺在沙发上无所事事的人消遣。

但现代科学并不认为新的总是好的。相反,科学是建立在"可谬论"(皮尔士提出了这一点,卡尔·波普尔和其他理论家都重申过,很多人也都实践过)的基础上,科学家通过不断修正自己取得进步,他们会推翻之前的假设,反复实验、试错。他们会承认错误,在他们看来,一次没有得到设想结果的实验并不是失败,因为这证明了他们正在走的路是错的,需要修改方案或从头开始。几个世纪前,佛罗伦萨西芒托学院的座右铭是"尝试再尝试",再尝试并不意味着只尝试一次——这只是最低要求——而是拒绝实验和理性无法证实的一切。

这种思维方式,就像我说的那样,反对一切的原教旨主义,反对从字面上解释神圣文本(这些文本也可以不断地被重新解读),还有对自己思想的盲目确信。这是好的"哲学"——无论是日常含义,还是苏格拉底赋予的含义——这才是学校里应该教的。

二〇〇四年

如何在家研究哲学

可能因为人们已经无法忍受垃圾电视剧，也可能因为这个世界上发生了很多糟糕的事，大家都需要反思，以期重新获得内心的安宁。现在有很多场合都在重提阅读哲学著作的问题。可能是周日咖啡馆里的聚会，就像在巴黎一样，但其实谈到的都是我们在高中接触的哲学；一些专业哲学家对于哲学文本通俗化的解读，同样会吸引广泛的受众。这种现象有跟风的成分，当然，大众媒体对哲学问题的简化也推波助澜，但潮流不容忽视。在这种情况下，我想给那些非专业人士提一些建议，还有那些在高中没学过哲学的人，或者说，去听一些所谓哲学家的讲座却完全没听懂的人。对于上面提到的人，我觉得有一条非常简单的途径：去阅读真正哲学家写的东西。

哲学当然不应该总是看起来很容易，有时它很艰深，但绝没有明文规定：谈论哲学的话必须深奥难懂。在哲学上，语言艰涩难懂既不是质量的表现，也不是恒久性的表现；通常，难度和它涉及的问题相关。有些哲学经典改变了我们的存在方式和思维方式，这些书都很难懂，除了专业人士，我不建议任何人去读亚里士多德的《形而上学》或者《工具论》，还有康德的《纯粹理性批判》，或者斯宾诺莎曲高和寡的《伦理学》。但是，还有些哲学家用比较平易近人的语言来谈论哲学，尽管他们也都写过很难读懂的著作。我给大家推荐几本小书，篇幅都在一百页左右，可以看到，不用太多专业词汇也可以研究哲学。

就先从柏拉图说起吧。我建议大家去读他的《克里同篇》。在这本书里，我们可以学到为什么公民行为不能逃避法律的约束（无论他是苏格拉底还是贝卢斯科尼）。然后是亚里士多德的《诗学》，你要忘记这本书讲的是古希腊悲剧，阅读时尽管假定它是侦探小说或西部电影创作指南。这个伟人在两千年前已经搞清楚了希区柯克和约翰·福特现在才发现的事情。你也可以读圣奥古斯丁的《论教师》：他在当中谈论如何跟儿子讲述日常琐事。这是一本睿智的书，既简洁又深刻。

尽管作为一个中世纪发烧友，我还是觉得很难从经院哲学的众多著作中选出一本来推荐给大家，因为如果推荐篇幅很短的作品，脱离整个背景去读的话，可能会走偏。我们姑且跳过这个坑吧，跳过那些纯粹的哲学著作，引导读者去读阿贝拉尔和爱洛依丝书信录（是呀，就是那些情书）。只要不期望里面有太多性爱描写，还是很值得一读的。

至于文艺复兴，可以读一下皮科·德拉·米兰多拉谈及人的尊严时的慷慨陈词。还有（假如有的话，不妨看看文选），读读蒙田的随笔。对症下药也行得通，读一读笛卡儿的《方法论》。还有一本著作在逻辑清晰方面堪称典范，那就是帕斯卡的《思想录》。另外，有一位哲学家的文字，就像吃完饭和朋友闲聊，引经据典，却又很有意思，这就是约翰·洛克的《人类理解论》。这套著作很长，我建议大家只看第三卷，谈论的是我们对于语言的使用。读的时候要采用刚才我提到的阅读亚里士多德的方法，你要想象洛克在谈论如今的现实问题，用他的观点去分析报纸的头版头条，还有电视上的辩论。

至于启蒙运动时期，我只想说，大家可以读一读伏尔泰的《天真汉》，这是一本小说，读起来很愉快。十九世纪真的很难攻克，有很多又厚又难懂的书，但只有我们意大利人不觉得莱奥帕尔迪的《杂记》是高水准的哲学作品。最近法国人特别推崇这本书。我们也只需看看文选，在睡前读上一两页。我还有一个比较挑衅的建议，就是读一下康德。康德向来以严谨著称，不妨去读他为了赚外快在外面给人上课时写的讲义，讲的并不是自己擅长的领域，反倒流露出风趣的一面，当中会夹杂一些奇闻轶事，也会表达一些自相矛盾的观点。还可以读读他的《人类学文集》，标题看起来很吓人，但遣词造句与高级小报如出一辙。

到这里这篇专栏文章也要结束了,我就不提近现代的哲学家了。除非你想跳着看一下,可以读读维特根斯坦《哲学研究》(不要被标题吓到)的一些段落。你可能时不时会说,这人是个疯子。是的,他是一个疯子,但就是这么疯狂!

二〇〇四年

Umberto Eco
Come viaggiare con un salmone

© 2016 La nave di Teseo Editore，Milano
All rights reserved
All adaptations are forbidden.

图字：09-2016-647号

图书在版编目(CIP)数据

如何带着三文鱼旅行/(意)翁贝托·埃科著;陈英译.—上海：上海译文出版社,2021.12
（翁贝托·埃科作品系列）
ISBN 978-7-5327-8902-3

Ⅰ.①如… Ⅱ.①翁… ②陈… Ⅲ.①随笔-作品集-意大利-现代 Ⅳ.①I546.65

中国版本图书馆 CIP 数据核字(2021)第 263821 号

如何带着三文鱼旅行 Come viaggiare con un salmone	UMBERTO ECO 翁贝托·埃科 著 陈英 译	出版统筹 赵武平 责任编辑 张 鑫 装帧设计 尚燕平

上海译文出版社有限公司出版、发行
网址：www.yiwen.com.cn
201101 上海市闵行区号景路 159 弄 B 座
苏州市越洋印刷有限公司印刷

开本 890×1240 1/32 印张 6.5 插页 4 字数 72,000
2022 年 3 月第 1 版 2022 年 3 月第 1 次印刷

ISBN 978-7-5327-8902-3/I·5505
定价：62.00 元

本书版权归本社独家所有，非经本社同意不得转载、摘编或复制
如有质量问题，请与承印厂质量科联系。T：0512-68180628